Stefan Beuse
Die Einsamkeit
der Astronauten

STEFAN BEUSE

DIE EINSAMKEIT DER ASTRONAUTEN

Hanser

Die Arbeit an diesem Roman wurde gefördert durch ein Hamburger Zukunftsstipendium der Behörde für Kultur und Medien in Zusammenarbeit mit der Hamburgischen Kulturstiftung.

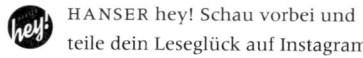 HANSER hey! Schau vorbei und teile dein Leseglück auf Instagram

1. Auflage 2023
ISBN 978-3-446-27592-8
© 2023 Carl Hanser Verlag GmbH & Co. KG, München
Umschlag: formlabor, Hamburg
Motive: Shutterstock.com / © iosebi meladze, © artjazz, © Kichigin
Satz: Greiner & Reichel, Köln
Druck und Bindung: CPI books GmbH, Leck
Printed in Germany

FÜR CHIARA, LUKA, DION, ARI –
UND ALL DIE ANDEREN ASTRONAUTEN,
DIE JEDEN TAG EIN BISSCHEN DIE
WELT RETTEN.

On your last day on earth, the person you became will meet the person you could have become.
(Anonymous definition of hell)

I
DIE SIEDLUNG

1

SIE HOCKT NEBEN MIR, in unserem Versteck, vor uns die Hügel der Sperrzone, hinter uns der Wald, dahinter die Siedlung.

»Lass uns hier weg«, sage ich, weil es schon fast dunkel ist und man nach Einbruch der Dämmerung nicht mehr draußen sein darf. Weil es verboten ist, auch nur in die Nähe des Sees zu kommen.

Lia starrt weiter in Richtung der Hügel, die den See umschließen. »Ich will da hin«, sagt sie. »Ich muss wissen, warum sie euch so viel Angst machen.«

Wir kauern am Waldrand, in dem Loch, das ein umgestürzter Baum mit seinem Wurzelwerk aus dem Boden gerissen hat. Ich atme den erdigen, leicht torfigen Geruch und spüre, wie mir die Kälte von unten in die Knochen kriecht.

Auf den Hügeln bewegt sich was. Ich hab das die ganze Zeit schon gesehen, aber ich dachte, ich bilde mir das ein. Vielleicht bilde ich es mir ein. Vielleicht sind das nur Blätter und nicht das, was ich denke.

Ich drehe mich um. Ich weiß nicht, ob sie uns schon entdeckt haben. Ich erkenne nicht viel in dem Wald, aber wenn ich mich konzentriere, höre ich ein Rauschen, Rascheln, Knacken, und ich weiß nicht, ob das Tiere sind. Ob das nur Wind und Holz und Blätter sind.

»Wir sollten nicht hier sein, Lia. Mit dem See ist etwas. Wer auf seine Oberfläche blickt, verliert den Verstand, heißt es.«

»Wer sagt das«, fragt sie, »die CoffeeCompany?«

Es klingt immer noch spöttisch, wie sie das sagt, und ich fühle mich immer noch ertappt.

»Menschen verschwinden von dort«, versuche ich mich zu rechtfertigen. »Keiner von denen, die trotz der Warnungen hingegangen sind, ist je wieder zurückgekommen.«

»Und davor hast du Angst«, fragt sie, »zu verschwinden?«

Ich überlege. Mit Lia zu verschwinden hieße, am besten Ort der Welt zu sein. Weil sie bei mir wäre. Mit Lia fühle ich mich wie in einem Superheldenfilm. Nur, dass nicht ich der Superheld bin, sondern sie.

»Keine Ahnung«, sage ich. »Wir müssen vorsichtig sein.«

»Du warst dein ganzes Leben lang vorsichtig«, sagt sie, und da hat sie leider recht.

Auf den Hügeln gleiten Schatten umher wie Laub, das in Zeitlupe durcheinanderwirbelt und immer neue Schemen formt.

Ich weiß nicht, ob ich es ihr sagen soll.

Dann sage ich es.

»Ich hab was rausgefunden«, flüstere ich. »Du hattest recht. Es ist natürlich nur ein Verdacht. Aber wenn das wahr ist …«

»Erzähl's mir.«

Sie beißt sich auf die Unterlippe, wie immer, wenn sie etwas nicht erwarten kann. Lia ist eine ganze Wundertüte voll von solchen Gesten.

»Wenn irgendwer erfährt, dass ich davon weiß …«

»… bist du geliefert. Schon klar. Aber wenn du es für dich behältst, sind wir alle geliefert.«

Vorsichtig drehe ich den Kopf. Weit und breit kein Bildschirm, kein Mensch. Nicht mal ein auffälliger Stein.

Sie sieht mich an. Ich spüre ihren Blick im Magen wie eine sanfte, sehr langsame Explosion.

»Morgen Abend«, flüstere ich. »Wenn es dunkel wird, am Waldrand. Du wirst mich nicht erkennen.«

Sie lächelt. Ganz leicht nur. Aber da ist es wieder, das Superheldengefühl.

Ich kenne Lia jetzt schon 24 Tage. Ich weiß noch immer nicht, woher sie kommt und wer sie eigentlich ist. Aber ich bekomme allmählich eine Ahnung davon, wer ich sein könnte, wenn ich es schaffen würde, der zu sein, den sie in mir sieht.

2

LIA WAR AUS EINER ANDEREN GEGEND in unsere Klasse gekommen, und wer jetzt denkt, das hier wird die typische Geschichte von der neuen Schülerin, die anders ist und sich auf den einzigen freien Platz neben den Außenseiter setzt, hat irgendwie recht und liegt gleichzeitig total daneben.

Klar fiel sie mir sofort auf. Allein durch ihre Haare und die Sachen, die sie trug. Bei uns sehen nämlich alle so aus, als müssten sie jeden Tag eine Tante besuchen, die sehr darauf achtet, dass man saubere Sachen anhat und sich ordentlich kämmt. Die Erwachsenen sehen aus wie Anwälte, und wir sehen aus, als wollten wir später mal Anwalt werden. Wir laufen wachsam und freundlich durch die Gegend, weil wir nie wissen, wer gerade hinter welchem Fenster steht und ob nicht einer von der CoffeeCompany in der Nähe ist.

Dass Lia anders war, sah man auf den ersten Blick. Alles an ihr sagte, dass es ihr egal war, was andere über sie denken. Sie hatte Klamotten an, die angeblich nur die Verrückten tragen, so halb fledderig, halb selbst gemacht. Ihre Haare waren schwarz wie Kohle, sie fielen ihr ins Gesicht, und wenn sie einen ansah, lauerten ihre Augen unter den zitternden Haarspitzen wie eisblaue Bergseen. Natürlich gibt es das gar nicht, lauernde Seen. Aber jemanden wie Lia gibt es eigentlich auch nicht. Und trotzdem stand sie da, mit ihrer Frisur, die keine Frisur war, mit ihrer Haltung, als wollte sie es mit der ganzen Welt aufnehmen.

Klar dachten wir sofort, dass sie aus der DraußenWelt kam. Dass sie es irgendwie geschafft hatte, sich in unsere Siedlung zu retten. Aber genau das sollten wir nicht denken, darauf hatte uns Herr Doktor Freitag schon vorbereitet. Zwar wusste er selbst nicht so genau, aus welchem Teil der Siedlung sie stammen sollte und warum sie anders aussah als wir, er versicherte aber, dass alles seine Richtigkeit hatte und sich die neue Schülerin schnell einfinden würde.

Als sie neben mir saß, fiel mir zuerst ihre Haut auf, dann ihr Geruch. Das stimmt nicht, erst fiel mir auf, wie nah sie plötzlich war. Als hätte sich eine zweite Schwerkraft eingeschaltet, die von ihrem Körper ausging, von der Haut ihrer Beine, die man durch die Löcher in ihrer Hose sah. Dann fiel mir ihr Geruch auf. Wir sind es nicht gewohnt, dass Leute nach etwas riechen. Wir waschen uns so gut, dass jeder von uns vor allem nach Sauberkeit riecht. Lia roch nach Erde, nach Feuer und nach Körper. Sie roch genauso, wie ich mir den Geruch in der DraußenWelt vorstellte, also nach Kampf, Zerstörung und Krieg. Ich weiß nicht, ob ich ihren Geruch besonders angenehm fand, aber weil es ihr Geruch war, atmete ich tief und nicht zu schnell, damit sie mein Atmen nicht hörte. Damit sie bloß nicht dachte, ich sei irgendwie komisch oder so.

Ihr Geruch kribbelte bis unter meine Schädeldecke. Mir war schwindelig und auch ein bisschen schlecht.

»Hallo«, sagte sie, mit ganz wenig Stimme. Es war kein normales Hallo, keine höfliche Begrüßung, eher ein: Hey, erkennst du mich nicht? Ich bin's doch. Und das Verrückte war, dass ich sie wirklich erkannte. Dass sich unsere Begegnung zu vertraut anfühlte, um so zu tun, als seien wir einfach zwei Jugendliche, die freundlich zueinander sein müssen, weil sie jetzt für den Rest des Schuljahres nebeneinandersitzen. Aber genau das waren wir. Und das irritierte mich so sehr, dass ich erst nicht merkte, wie sie meinen Füller nahm und ihn ständig auf- und zudrehte. Und ich bin sicher, sie selbst merkte das auch nicht. Es war einfach der Gegenstand, der ihren Händen am nächsten lag, zwischen uns, auf meinem Tisch, der jetzt unser Tisch war.

Es ist unhöflich, jemanden nicht anzusehen, der Hallo gesagt hat, also drehte ich den Kopf und sah ihr Gesicht und ihre Haut, ich sah die Sommersprossen um ihre Nase, die zitternden Haarspitzen, ihre Augen mit den winzigen goldenen Einschlüssen in der Iris.

Ich sagte auch »Hallo«. Dann sah ich ihre Hände, die blau waren von der Tinte.

3

WENN DU FÜNFZEHN BIST und dich irgendwie komisch in der Welt fühlst, sagen alle, das ist normal. Das gibt sich. So wie eine Krankheit: Mach dir keine Sorgen, das wird schon wieder. Als müsste man nur ein bisschen warten, und dann fühlt man sich nicht mehr fremd, sondern so wie alle. Als gälte es, diese Zeit irgendwie hinter sich zu bringen, um, endlich erwachsen, einen Einkaufswagen durch den Supermarkt zu schieben und die Preise von Butterpäckchen zu vergleichen. Um endlich dreimal am Tag die Gartenstühle feucht abzuwischen, damit sie genauso weiß leuchten wie die der Nachbarn. Um endlich ein Leben zu führen, das hauptsächlich darum kreist, möglichst unauffällig zu Ende zu gehen.

Mit Lia fühlt sich alles zum ersten Mal anders an. Als wäre nicht ich falsch in der Welt, sondern als wäre der ganze Rest falsch.

»Geht's noch etwas langweiliger?«, sagt sie, wenn ich nach ihrer Herkunft, ihren Freunden, ihren Hobbys frage, und dann erzählt sie irgendwas, von dem ich sowieso nicht weiß, was davon stimmt und was nicht, und ich schäme mich, weil ich selbst schon so blöde Fragen stelle wie meine Eltern.

Meine Eltern sitzen jeden Abend vor ihrem Bildschirm und sehen Nachrichten über die DraußenWelt, um sich daran zu erinnern, wie gut sie es haben. Sie hören Lieder, die davon handeln, dass Liebe alles ist und dass man seines eigenen Glückes Schmied sein soll, aber wenn ich sie frage, was das ist, Liebe, und was das ist,

Glück, dann schauen sie mich so halb irritiert und halb angeekelt an und trinken weiter ihren Kaffee.

»Was ist denn das für Kaffee«, sagte Lia, als sie in ihrer ersten großen Pause bei uns einen Schluck davon nahm. »Das ist überhaupt kein Kaffee, wie könnt ihr so was trinken? Das ist warmes schwarzes Wasser.«

»Alle trinken das«, habe ich gesagt, und da hat sie noch einmal probiert und den Kaffee ausgespuckt und sich umgedreht wie jemand, der plötzlich merkt, dass er in die falsche Richtung gerannt ist.

4

ES IST GANZ NORMAL, dass du dich mit fünfzehn komisch fühlst, sagen sie. Und es klingt immer wie: Komm du erst mal in mein Alter. Aber genau das will ich nicht. Werden wie die. Das weiß ich spätestens, seit Lia da ist. Mit Lia fühle ich mich immer noch fremd. Aber jetzt sind wir wenigstens zu zweit.

»Tiefseeforscher und Astronauten«, sagt sie. »Hoch über allem und gleichzeitig tief unten im Meer.«

»Wir brauchen Schutzanzüge«, sagt sie. »Schutzanzüge und Helme. Weil wir nicht gemacht sind für diese Welt. Weil uns der Druck sonst zerquetscht und der Unterdruck platzen lässt.«

»Was ist Unterdruck«, frage ich, obwohl ich es weiß. Aber ich muss sichergehen, dass Lia dieselben Dinge wie ich meint mit den Worten, die sie sagt. Manchmal sind unsere Worte gleich, aber wir meinen etwas Unterschiedliches. Wie bei Kaffee.

»Wenn von allen Seiten etwas an dir reißt«, sagt Lia. »Wenn du aufhörst, dich fest zu fühlen, und denkst, dein Körper will sich auflösen. Wenn du Angst hast, dich überallhin zu verteilen. Das ist Unterdruck.«

»Dann fühle ich mich so, wenn du da bist«, sage ich. »Wie Unterdruck.«

5

KURZ NACHDEM SIE IHREN KAFFEE knapp am Anzug von Herrn Doktor Freitag vorbeigespuckt hat, sind ihre Finger immer noch blau. Lia hält die Tasse umklammert, sie starrt fassungslos auf den Rest Kaffee darin und fragt mich, was das bloß für eine Gegend ist, in der ich hier lebe.

Mit ihr an der Ausgabestelle zu stehen fühlt sich an, wie vor aller Augen einen Preis in Empfang zu nehmen. Ich bin aufgeregt und stolz und glücklich. Ich weiß nicht, was ich sagen soll. Ich danke allen, die nie neben mir sitzen wollten. Ich danke Emilia Knox und ihrer gehässigen Freundin Greta. Ich danke unserem Sportcrack Jens Ramme, der selbst den Klassenstreber Justus van Laack mir vorzog. Vor allem aber danke ich meinen Eltern, die es mit unermüdlichem Einsatz und beständiger Verweigerung jedweden Verständnisses geschafft haben, mich zu dem sozial inkompatiblen und vollkommen gestörten Fünfzehnjährigen zu machen, der ich heute bin.

Ihnen allen gebührt mein tief empfundener Dank dafür, dass sich dieses zauberhafte Wesen an jenem Morgen neben mich gesetzt und mich sofort von Platz eins verdrängt hat. Ich bin jetzt nämlich nicht mehr der seltsamste Typ der Klasse. Vielleicht bin ich noch der zweitseltsamste, aber Nummer zwei zu sein ist okay. Nummer zwei bleibt unsichtbar, und Unsichtbarsein ist für mich so ziemlich der beste Zustand der Welt. Das totale In-Ruhe-gelassen-Werden.

»Was sind denn das für Leute, die Leitungen für schwarzes Wasser in die Häuser legen und dann behaupten, das sei Kaffee?«

Sie sagt das so laut, dass sich natürlich alle umdrehen und sie mehr oder weniger verstohlen beobachten. Jeder dieser Blicke fühlt sich an wie ein Orden.

Ich beuge mich zu ihr. Soll doch jeder wissen, dass wir jetzt schon auf *dieser* Vertrautheitsebene sind: so weit also, uns zueinanderzubeugen und uns Dinge zuzuraunen.

Ob es da, wo sie herkommt, die CoffeeCompany etwa nicht gibt, frage ich, weil ich mir das kaum vorstellen kann.

»Die *was*?«, fragt sie, und es klingt nicht, als wollte sie einen Scherz machen. Also erkläre ich es ihr. Obwohl ich jeden Moment damit rechne, dass sie anfängt zu lachen und »O Mann, du glaubst auch jeden Scheiß« oder so was sagt. Weil: Wenn es einen gibt, der seit Jahren den Meistertitel im Verarschtwerden hält, dann bin ich das.

»Die CoffeeCompany sorgt dafür, dass wir immer und überall frischen Kaffee haben«, sage ich und bemühe mich, wie ein Werbesprecher zu klingen, damit ich jederzeit den Rückzug antreten und das alles wie einen Witz aussehen lassen kann. »Morgens, mittags, abends, nachts. Der Kaffee ist kostenlos, und er schmeckt allen gut.«

»Mir nicht«, sagt sie. »Außerdem ist das kein Kaffee.«

Wenn sie sich über mich lustig machen wollte, hätte ich das spätestens jetzt gemerkt, hoffe ich.

»Etwas anderes gibt es bei uns nicht«, sage ich. »Wenn wir Durst haben, trinken wir Kaffee.«

»Aber es gibt hier doch ganz normale Wasserleitungen!«

Ich starre sie an. »Hat dir denn keiner gesagt, dass man das nicht trinken darf?«

»Warum sollte man Wasser nicht trinken dürfen?«

»Weil man krank davon wird, das weiß doch jeder!«

Lia sieht mich an, als hätte ich sie nicht mehr alle. »Hast du's ausprobiert?«, fragt sie. »Wenn das nämlich die Alternative zu dieser Brühe ist, würde ich mir das an deiner Stelle gut überlegen.«

Ihre Augen machen ein Lochgefühl in meinem Bauch. Als würde ich aus großer Höhe irgendwo runterfallen.

»Die Brühe kommt von der CoffeeCompany«, versuche ich sie zu beruhigen und füge mit meiner halb ironischen Werbesprecherstimme hinzu: »Und die CoffeeCompany will nur unser Bestes.«

Ich lotse sie von der Ausgabe weg. Mit unseren Tassen in den Händen gehen wir aus dem Keller ins Erdgeschoss, durch die Gänge des Schulgebäudes, vorbei am Sekretariat, am Lehrerzimmer, an all den Räumen, von denen ich denke, dass sie vielleicht mal wichtig für sie werden könnten. Ich zeige ihr die Klassen, die Turnhalle. Ich lasse sie durch die Fenster der verschlossenen Türen auf die Schädel und Skelette für Bio und die giftigen Stoffe für Chemie sehen. Dabei versuche ich ihr zu erklären, was die CoffeeCompany eigentlich ist, und das ist schwieriger, als ich dachte. Weil mir nämlich plötzlich auffällt, dass ich gar nicht so viel über sie weiß. Die CoffeeCompany war irgendwie immer schon da, wie Bäume oder das Wetter oder all das andere, von dem keiner mehr wissen will, woher es ursprünglich kommt.

Wir gehen über den Pausenhof. Wir setzen uns auf die steinerne Tischtennisplatte am Rande des Fußballfelds, lassen die Beine baumeln und sehen den anderen dabei zu, wie sie in Grüppchen beisammenstehen, Fußball spielen, kauen, Kaffee trinken.

»Die CoffeeCompany schickt uns Botschaften«, sage ich, weil ich nicht weiß, wo ich anfangen soll. »Wir lesen sie jeden Tag. An Litfaßsäulen, Bushaltestellen, auf den Bildschirmen und Monitoren, die überall in der Siedlung verteilt sind. Wir finden sie in unseren Briefkästen. Vor der Haustür. An den Klinken. Kleine Aufmerksamkeiten, selbst gefilzte Schlüsselanhänger, handgemachte Topflappen, mit Sprüchen drauf, die uns an das erinnern sollen, was wichtig ist. *Liebe ist alles*, zum Beispiel. *Liebe ist alles, was zählt.* Oder: *Liebe ist alles, was fehlt.* Manchmal rufen sie auch an. *Denk an die Liebe*, sagen sie, und wenn meine Mutter lächelnd auflegt, weiß ich, dass wieder die CoffeeCompany dran war und meine Mutter vielleicht wirklich kurz vergessen hat, an die Liebe zu denken. Liebe ist nämlich sehr wichtig bei uns. LoveCulture nennt die CoffeeCompany das, und wir finden, das klingt schön. Ist dir noch keine ihrer Botschaften aufgefallen?«

Sie sieht mich entgeistert und irgendwie lauernd an, als erwartete sie, dass ich in der nächsten Sekunde etwas vollkommen Verrücktes tue. »Hab ich nicht drauf geachtet.«

»Aber du hast doch bestimmt zum Einzug ein kleines Geschenk an deiner Tür gehabt«, sage ich, »ein Geschirrtuch mit einer Herztasse drauf wenigstens.«

»Jonah ...« Sie blickt zu Boden. Es ist das erste Mal, dass sie meinen Namen sagt, und zum ersten Mal denke ich: Mein Name ist schön. Ich habe einen schönen Namen. »Ich kann dir nicht sagen, ob an meiner Tür ein Geschenk hing.«

Sie sagt das auf eine Art, die es verbietet, weiter nachzufragen. Ich fühle mich, als hätte sie mir gerade gestanden, dass ihre Eltern tot sind. Vielleicht *sind* ihre Eltern tot. Vielleicht kommt sie doch aus der DraußenWelt, von einem völlig zerstörten Ort.

»Ist auch nicht so wichtig«, sage ich und wechsele das Thema, um das komische Gefühl loszuwerden: »Jedenfalls gibt es täglich eine Videokonferenz. MorningCall nennt die CoffeeCompany das. Nur für die, die wollen, natürlich, aber ich habe noch nie von jemandem gehört, der nicht wollte. Also, der sich getraut hat, nicht teilzunehmen. Zwar weiß keiner, ob man bestraft wird, wenn man mal eine Konferenz versäumt, aber wir wollen unser Glück besser nicht auf die Probe stellen.«

Ich lache. Es klingt ein bisschen dümmlich.

»In der Konferenz sieht jeder von uns immer nur sechs weitere

Leute, obwohl angeblich die ganze Siedlung dabei ist. Wir vermuten, dass ein Zufallsgenerator bestimmt, wer von uns wen sieht, oder ein Algorithmus, der Menschen mit bestimmten Gemeinsamkeiten zusammenbringt.«

Ich warte darauf, dass sie etwas sagt oder wenigstens fragt, was ein Algorithmus ist, aber sie starrt nur weiter auf ihre Fußspitzen.

»Einer der Teilnehmer hat immer einen lächelnden Kaffeebecher in Herzform als Hintergrundbild. Deshalb glauben wir, dass er von der CoffeeCompany ist. Der Mann sagt Dinge, die im ersten Moment gut klingen, aber wir wissen nie, was er eigentlich meint. Seine Stimme ist gleichzeitig wie unter Wasser und als würde er in eine Würstchendose sprechen, die jemand vor sehr langer Zeit auf dem Mond vergessen hat.«

Das bringt sie kurz zum Lachen, und die Art, wie sie mich dabei ansieht, lässt mich wünschen, ich wäre einer dieser superwitzigen, schlagfertigen Typen, die ständig rumzwinkern und im Sportunterricht die Mannschaften wählen.

»Einmal im Monat schaltet sich sogar der Chef der CoffeeCompany dazu. Er hat keinen Kaffeebecher im Hintergrund, aber wir vermuten trotzdem, dass er der Chef ist, weil ihn alle gleichzeitig sehen. Und weil niemand sonst so wohnt. Das Wohnzimmer des Chefs ist riesig, man kann nirgendwo Wände erkennen, und überall schweben winzige Lichtpunkte wie Glühwürmchen durch den Raum. Es sieht aus, als käme der Chef aus einer anderen Dimension.«

Ganz leicht strafft sich ihr Körper. Sie wirkt jetzt irgendwie aufmerksamer, und das ermutigt mich, ihr etwas zu erzählen, das ich zumindest damals ziemlich skurril fand.

»Einmal haben ein paar von uns heimlich einen Screenshot gemacht, um das Wohnzimmer des Chefs als Hintergrund für sich selbst zu verwenden. Gewissermaßen als Witz. Also die Art von Witz, die man sich auf dem Schulhof über den Lehrer erzählt, um sich und den anderen weiszumachen, man nähme die Schule und den ganzen Quatsch nicht ernst. Doch als dann bei der nächsten Konferenz viele von uns diesen geklauten Chef-Hintergrund hatten, war das, als bekäme man einen Scherz, den man sich selbst ausgedacht hat, immer wieder von anderen erzählt. Außerdem sah der geklaute Hintergrund überhaupt nicht aus wie beim Chef. Es sah nicht aus, als ob winzige Lichter überall im Raum herumschweben, es sah aus wie die unscharfe Fototapete einer Großstadt bei Nacht. Wir haben dann schnell wieder die alten Strand-, Western- oder Weltraumbilder hinter uns eingeschaltet, die längst keiner mehr lustig findet, sondern nur noch traurig.«

»Seid ihr oft traurig?«, fragt Lia.

Ich zucke mit den Schultern. »Wir leben in der LoveCulture, am sichersten Ort der Welt, und die CoffeeCompany tut alles, um uns glücklich zu machen. Wir haben keinen Grund, traurig zu sein, oder?«

Ganz langsam dreht sie den Kopf. Sie sieht mich an, als hätte ich eine riesenhafte und unsagbar eklige Spinne auf der Stirn.

»Also, *ich* fühle mich natürlich schon manchmal traurig«, sage ich schnell. »Aber ich glaube, das ist nicht unbedingt normal. Dass sich Leute bei uns nicht so fühlen, wie sie sich fühlen sollten.«

»Und wie ist das, wenn du traurig bist?«

»Weiß nicht«, sage ich. »Wie etwas verlieren und erst dadurch daran erinnert werden, dass es mal da war.« Ich überlege. Dann sage ich und merke schon währenddessen, wie bescheuert das klingt: »Wie die Erinnerung an die eine große Liebe, die alle anderen Lieben unmöglich macht.«

Ich schäme mich ein bisschen, wie ein uralter Typ zu reden, der wehmütig auf sein Leben zurückblickt, aber Lia lächelt, ganz leise nur, wie hinter vorgehaltener Hand. Man kann ihre Grübchen ahnen, wenn man weiß, dass sie da sind, und ich mache eine kurze Pause, weil man in Applaus ja auch nicht reinquatscht.

»Jedenfalls spricht eigentlich niemand darüber«, sage ich. »Weil es das gar nicht geben darf. Trauer. Weil man sich dann irgendwie aussätzig vorkommt.«

Lia schweigt lange. Sie scheint über etwas nachzudenken.

»Wie fühlt sich das an, in der Siedlung zu leben?«, fragt sie schließlich, und ich überlege. Es ist schwierig, das jemandem zu beschreiben, der nicht hier geboren ist.

»Seltsam zerfleddert«, sage ich, »irgendwie farblos. Wie tausend Schichten übereinander. Als müsste sich das Licht durch zahllose Hüllen quälen.«

Ich schließe die Augen.

»Ein bisschen ist es wie kurz vorm Aufwachen. Wenn du einen Traum hattest und denkst, du musst ihn aufschreiben, weil du in seinen Bildern eine Botschaft vermutest, die dein Leben ändern kann. Du willst den Traumbildern Worte überwerfen wie Tücher über zufällig in die Wohnung geflogene Vögel. Du musst schneller sein als die Vögel, damit sie nicht panisch gegen Schränke und Türen flattern, weil sie nicht begreifen, dass du sie nur fangen willst, um sie freizulassen. Sie begreifen nicht, dass du ihre Rettung bist.«

Als ich die Augen wieder öffne, lächelt sie mich an.

»Genau so«, sagt sie, und die goldenen Flecken in ihrer Iris leuchten. »Lass uns versuchen, genau so miteinander zu sprechen. Die Leute in der Siedlung sagen Kaffee und meinen etwas anderes. Ich will nicht, dass wir falsch miteinander reden.« Sie legt eine Hand an meine Schulter. »Ich will, dass wir Worttücher über die Bilder in uns werfen. Egal, ob die Tücher zu groß, zu klein oder zu schwer sind. Hauptsache, wir bemühen uns, etwas Wahres zu sagen und nicht die Sprache zu benutzen, die auch sie benutzen. Sie sagen ein Wort, und es wird dreckig. Ich will keinen Dreck zwischen uns.«

Seitdem reden wir manchmal komisch miteinander, wenn wir etwas Wichtiges erklären wollen. »Das ist jetzt unsere Geheimsprache«, sagt Lia. »Die Sprache der Wahrheit.«

»HAT DAS HIER EIGENTLICH EINEN NAMEN?«

Lia deutet über die Straßen und Häuser der Siedlung. Wir stehen auf dem Dach unserer Schule, wir halten uns am Geländer fest, wir können fast bis zur Waldgrenze sehen.

»Die Siedlung?«, frage ich. »Sie heißt wie unsere Angst. Unsere ständige, sich reproduzierende und multiplizierende Angst davor, nicht zu genügen. Nicht glücklich genug zu sein, um weiter in der LoveCulture leben zu dürfen.«

Wir haben zwei Freistunden. Lia hat die Leiter im obersten Stock entdeckt und gesagt: »Lass uns da rauf.« Und jetzt sind wir hier, am höchsten Punkt der Siedlung. Alles ist ordentlich und klar. Jedes Haus hat denselben Grundriss, dieselbe Aufteilung. Dach, Fenster, Fassade, sogar die Terrassen und Gärten sind gleich. Neben jedem Haus gibt es einen Schuppen, ein großes Trampolin und eine Sandkiste. Von hier oben sieht es aus, als hätte jemand, der von der kleinsten Unregelmäßigkeit in den Wahnsinn getrieben wird, auf Millimeterpapier Rechtecke und Kreise zu einer sich ständig wiederholenden Formation so gruppiert, dass jeder Fehler sofort auffallen muss, jede nur leicht abweichende Sonnenschirmfarbe, ein nicht weggeräumter Ball auf einer Rasenfläche.

Aber es gibt keinen Fehler.

Du gehst jeden Tag durch dieselben Straßen, vorbei an identischen Häusern, an winkenden Nachbarn, die lächelnd hinter blank geputzten Fenstern stehen oder von ihren Terrassen grüßen.

Du gehst durch Straßen, die keine Namen tragen, nur Nummern und Buchstaben, damit du dich nicht verläufst. Damit du nicht aus Versehen zu nah an den Wald kommst oder an eine fremde Tür klopfst, weil du dein eigenes Haus verwechselt hast.

»Die Angst ist überall«, sage ich. »In jeder Ritze, in den Fugen zwischen den Steinen.«

»Aber ihr lebt doch in der LoveCulture«, spottet sie. »Im Land des ewigen Lächelns.«

»Die Leute lächeln, weil sie Angst davor haben, unglücklich zu wirken.«

»Deswegen sehen viele Gesichter hier so seltsam aus?«, fragt sie. »Wie stehen geblieben zwischen Lachen und Schreien?«

»Das sind die Pillen.« Ich sehe zu Boden. »Die Pillen machen, dass die Schichten durchlässiger werden. Dass wir eine Ahnung davon bekommen, was Licht ist. Für einen kurzen Moment wissen wir dann, dass wir nur wegen der Schichten denken, es sei dunkel, aber wenn die Wirkung nachlässt, vergessen wir es sofort wieder. Als hätten wir uns das Licht bloß eingebildet.«

»Die Pillen kommen auch von der CoffeeCompany?«

»Ja«, sage ich. »Sie heißen wie die Sprüche auf den Topflappen. Wie die Lieder, die meine Eltern hören. Wie die Botschaften auf den Monitoren, die überall hängen. Sie heißen *Ich werde gebraucht. Ich werde geliebt. Ich bin wertvoll.* Jeder von uns hat seine eigene Sorte. Die Pillen werden uns beim HealthCheck empfohlen. Dort kontrollieren sie auch die persönliche Zusammensetzung und Dosierung immer wieder neu.«

»Beim *HealthCheck*?« Lia bekommt wieder diesen angeekelten Ausdruck.

»Jeden Monat müssen wir zu einer Art Gesundheitsprüfung«, erkläre ich. »Der CoffeeCompany ist es wichtig, dass wir glücklich sind und gesund bleiben. Der HealthCheck ist kostenlos«, füge ich hinzu. »Wie der Kaffee.«

»Und die Pillen?«, fragt sie.

Ich überlege. Ich habe meine Eltern deswegen schon streiten gehört. Dass die Pillen meiner Mutter unbezahlbar geworden seien, von meinen gar nicht zu reden.

»Verstehe«, sagt sie, ohne eine Antwort abgewartet zu haben. »Wie heißen denn die Pillen, die du bekommst?«

»Wir sprechen eigentlich nicht darüber.«

»Ziemlich langer Name«, sagt sie, ich mache »Ha-ha«, aber in Wahrheit bin ich froh, dass sie nicht nachbohrt. Jeder hier schämt sich für seine Pillen. Der Name steht auch nicht auf der Packung, die Pillen unterscheiden sich nur durch ihre Farbe. Meine haben einen leichten Mint-Ton, die von meiner Mutter sind rosa, die von meinem Vater hellbraun.

»Manchmal denke ich, es wäre einfacher, wenn es wenigstens ganz finster wäre«, sage ich. »Weil dann nichts mehr an das Glück erinnern würde, das irgendwann mal da gewesen sein muss.«

»Soll das heißen, ihr seid nicht glücklich?« Sie tut überrascht. »Obwohl ihr am sichersten und freundlichsten Ort der Welt lebt?«

Ich komme mir plötzlich vor wie ein Verräter. Weil ich die ganze Zeit alles von außen beurteile, als würde ich nicht dazugehören. Dabei bin ich genauso Teil der Siedlung wie die anderen auch. Außerdem weiß ich gar nicht, ob es stimmt, dass alle die Pillen nehmen. Weil nämlich niemand darüber spricht. Ich kann mir zwar nicht vorstellen, dass wir die Einzigen sind, mein Vater, meine Mutter und ich, aber möglich wäre es. Möglich wäre es, dass der Rest der Siedlung von Natur aus glücklich ist, nur wir nicht.

»Lass uns wieder runter«, sage ich. »Wir dürfen gar nicht hier sein.«

Wir klettern vom Dach, steigen die Treppen hinab, gehen durch die Straßen der Siedlung.

»Zeigst du mir, wo du wohnst?«, frage ich.

Wir haben noch vierzig Minuten bis zur nächsten Stunde, es ist bestimmt das dritte Mal in dieser Woche, dass ich sie frage, und diesmal sagt sie nicht *Geht's noch langweiliger*, diesmal sagt sie: »Okay, du hast es nicht anders gewollt«, und sieht dabei aus wie eine Ärztin, die eine niederschmetternde Diagnose zu verkünden hat. »Ich erzähl dir die Wahrheit.«

Sie bleibt stehen, inmitten von Gärten, Hecken, Häusern. Ein Fenster spiegelt zu, schließt sich lautlos.

»Ihr alle seid Teil eines Experiments. Die ganze Siedlung.«

Nicht mal das ferne Schnappen einer Heckenschere ist zu hören. Nur das Verhallen ihrer Worte in den Straßen.

»Wir beobachten euch«, sagt sie. »Wie Insekten hinter Glas. Wir messen die Breite eures Lächelns. Kontrollieren euer Verhalten. Wir studieren den Einfluss der Pillen auf eure Gefühle. Wir wollen sehen, wie ihr auf unsere Botschaften reagiert. Für uns seid ihr nichts als ferngesteuerte Versuchstiere.«

Ich starre sie an. Eine schreckliche Sekunde lang denke ich, sie hat mich durchschaut, denn genau das habe ich immer befürchtet: dass ich Teil eines Experiments bin. Dass ich in einer Simulation lebe und die Welt um mich herum nur existiert, um mir wieder und wieder zu spiegeln, dass ich anders bin. Dass ich es verdient habe, allein zu sein. Nirgendwo dazuzugehören.

Lia schlägt die Hand vor den Mund. »Omeingott«, sagt sie. »Du glaubst das. Du glaubst das wirklich.«

Na klar. Ha-ha. Vermutlich geht etwas Unsichtbares von mir aus, das allen signalisiert, dass ich der Idiot bin, mit dem man's machen kann. Der Trottel, der echt alles glaubt.

Ich gehe weiter. Ich will nicht, dass sie sieht, wie sehr mich das trifft.

Sie folgt mir.

»Tut mir leid«, sagt sie. »Ich weiß nicht, warum ich das gesagt habe.«

Ich drehe mich nicht um. Sprache der Wahrheit, denke ich. Sehr witzig.

»Vielleicht, weil *ich* Teil eines Experiments bin«, ruft sie hinter mir, und ihre Stimme klingt plötzlich so traurig, dass ich kaum wage, mich weiterhin verschaukelt zu fühlen.

Wir sind an der Kreuzung C 17, kurz vor dem Gebäude, in dem früher meine Grundschule war.

»Ich hab dir nicht gesagt, woher ich komme oder wer meine Eltern sind, weil ich mich geschämt habe«, sagt sie. »Weil ich in Wahrheit aus einem Heim bin.«

Ich bin ehrlich überrascht, aber ich will ihr nicht schon wieder auf den Leim gehen.

»Ein besonders schwerer Fall, angeblich. Problem-Problem«, sagt sie, »so schwierig, dass ich zu euch geschickt wurde. Als eine Art Umerziehungsmaßnahme.«

Ich warte immer noch darauf, dass sie plötzlich anfängt zu lachen.

»An meinem Beispiel wollen sie rausfinden, ob sich Menschen ihrer Umgebung anpassen, wenn sie in eine Gemeinschaft kommen, die ganz anders ist«, sagt sie. »Ob man als krasser Außenseiter automatisch versucht, sich einzufügen. Dazugehören zu wollen.«

»Scheint in deinem Fall nicht wirklich zu klappen«, sage ich und spüre so etwas wie Stolz in mir aufkommen. Stolz auf sie.

»Offenbar hat man mit vielem gerechnet«, bestätigt sie und lächelt wieder ihr Lächeln. »Aber nicht damit, dass ich das Experiment umdrehe. Dass ich es zu meiner Mission mache, euch aus der Knechtschaft zu befreien.«

Auf einmal tänzelt sie vor mir her, lacht mich an. Ich weiß nicht, was ich davon halten soll.

»Was macht dich denn zu einem Problem-Problem?«, frage ich.

»Ich lüge«, sagt Lia. »Immerzu und immerzu. Ich kann nicht anders, sagen sie.«

»Und«, frage ich so gelangweilt wie möglich, »stimmt das?«

»Finde es heraus«, sagt sie, und noch während ich mit ihr in die Straße einbiege, in der wir wohnen, beschließe ich, ihr zu folgen. Am selben Tag, direkt nach dem Unterricht.

7

»DAS IST UNSER HAUS«, sage ich, als wir davorstehen. »Hier wohne ich.«

Natürlich hätte ich auch auf jedes andere Gebäude zeigen können, aber wenigstens ich will ehrlich zu ihr sein.

»Sehen die von innen auch alle gleich aus?«

»So ziemlich«, sage ich. »Wenn man bei Freunden klingelt, ist es ein bisschen, wie bei sich selbst zu Besuch zu kommen. Irgendwie vertraut, aber auch unheimlich. Weil es eben nur fast gleich ist.«

»Wie bei uns.« Sie sieht mich komisch an, und ich weiß nicht, ob sie die Gegend meint, aus der sie kommt, oder uns beide.

Lia streicht mit ihrer Hand über die Hecke, immer wieder, und ich weiß nicht, ob ich sie reinbitten soll. Ob meine Mutter da ist, ob sie uns sieht und was sie denkt, wenn neben mir ein Mädchen steht, das wie Lia ist.

»Warum tust du das?«, fragt sie. »Warum ziehst du mit jemandem wie mir durch die Straßen?«

Ich sehe sie an, ich weiß nicht, was sie meint.

»Alle anderen behandeln mich, als wäre ich gar nicht da«, sagt sie. »Stört es dich nicht, wie ich aussehe? Wie ich bin?«

»Vermutlich sind sie nur unsicher, wie sie mit dir umgehen sollen«, rechtfertige ich vollkommen überflüssigerweise den Rest meiner Klasse. »Weil sie denken, du kommst aus der Draußen-Welt.«

»Die DraußenWelt?«, fragt sie, und obwohl ich mir nicht vorstellen kann, dass Lia bisher wirklich *gar nichts* mitbekommen hat, erkläre ich ihr, dass dort seit Jahrzehnten Hass und Krieg und Zerstörung toben, dass wir nur hier in Sicherheit sind und so weiter.

»Woher wisst ihr das denn, wenn keiner von euch die Siedlung jemals verlassen hat?«

»Aus der Schule«, sage ich. »Und den Nachrichten, natürlich.«

»Nachrichten von hier«, sagt sie. »Ich wette, die kommen alle von der CoffeeCompany.«

Ich schüttele den Kopf. »Glaub mir, wir können froh sein, hier leben zu dürfen.«

Sie blickt zu Boden.

»Also«, sagt sie nach einer Weile und sieht mich direkt an. »Warum gibst du dich mit mir ab? Einer Außenseiterin, der du nicht traust. Die von allen gemieden wird. Von der du nichts weißt, nur, dass sie ständig lügt. Hast du keine Angst, dass die Leute schlecht von dir denken?«

»Oh, in der Hinsicht habe ich nichts mehr zu verlieren«, sage ich und merke noch im selben Moment, dass das nicht besonders charmant ist. »Ich meine, mehr Außenseiter als ich geht eigentlich nicht.«

»Dann sind wir jetzt wenigstens zu zweit«, sagt sie, und wenn ich mir das nicht einbilde, ist da ein Funken Stolz in ihrem Blick. Stolz auf mich.

»Tiefseeforscher und Astronauten«, sage ich und habe plötzlich das Gefühl, sehr glücklich und gleichzeitig der größte Idiot zu sein. Weil ich mich von einer krankhaften Lügnerin nicht belogen fühle. Weil es mir im Grunde gar nicht wichtig ist, zu wissen, woher sie kommt, wo sie wohnt und wer ihre Eltern sind. Weil ich nämlich eigentlich nur will, dass sie weiter neben mir sitzt und nach der Schule so viel Zeit wie möglich mit mir verbringt.

Trotzdem musst du ihr vertrauen können, zitiert mein Unterbewusstsein aus dem schier unerschöpflichen Fundus zu vieler schlechter Filme, die im Laufe der Jahre zu meinen besten Freunden geworden sind – und die uns eigentlich nur zeigen sollen, wie dankbar wir sein können, ohne Konflikte und Leid, ohne Herausforderungen und Probleme leben zu dürfen. Aber ich habe mich von den Figuren dieser Filme immer besser verstanden gefühlt als von irgendwem aus der Siedlung.

Du musst ihr vertrauen können, denke ich wieder. Gerade weil du sonst niemandem vertraust. Weil sonst das ganze Gerede um die Wahrheit nur Gerede wäre.

8

»DU VERRÄTST MIR WIRKLICH NICHT, wo du wohnst?«, frage ich, als wir uns nach der Schule an der Kreuzung D 13 verabschieden.

Letzte Chance, denke ich. Bitte.

»Irgendwann vielleicht«, sagt sie und verschwindet um die nächste Ecke.

Sie macht sich über mich lustig. Sogar Lia lacht mich aus. Ich zähle langsam von zehn bis null. Dann drehe ich mich um und folge ihr.

Obwohl ich mir einrede, mit Recht wissen zu wollen, wer sie ist, wo sie wohnt und woher sie kommt, fühlt es sich schäbig an, ihr hinterherzuschleichen wie ein drittklassiger Schnüffler, mich hinter Mauern zu verstecken, an Hecken zu ducken, zu warten, bis sie wieder abgebogen ist. Im Stillen verspreche ich, das nie wieder zu tun. Wenn sie sich jetzt nur nicht umdreht.

Lia nimmt die Straße, die genau auf den Teil des Waldes zuläuft, hinter dem das Sperrgebiet beginnt. Ich folge ihr in immer größerem Abstand.

Noch zwei Straßen.

Bieg ab, denke ich. Komm schon. Und da merke ich, dass ich die ganze Zeit Angst davor hatte, dass sie in den Wald geht.

Bleib stehen, Lia.

Sie passiert die letzte Einmündung und verschwindet zwischen den Bäumen.

Was, wenn niemand sie gewarnt hat? Wenn sie denkt, das sei ein ganz normaler Wald? Habe ich sie gewarnt? Und falls ja, habe ich sie eindrücklich genug gewarnt? Habe ich ihr gesagt, dass hinter dem Wald die Hügel sind und die Hügel den See umschließen, von dem keiner je zurückgekommen ist?

Es ist nicht wirklich verboten, in den Wald zu gehen, aber wenn wir uns dort verlaufen, heißt es, kann uns die CoffeeCompany nicht beschützen. Wenn uns im Wald etwas zustößt, sind wir verloren. Im Wald leben die Verrückten, und die Verrückten sagen, im Wald lebt noch etwas anderes. Zwar darf man den Verrückten nicht glauben, aber sicher ist sicher.

Ich laufe bis zur letzten Ecke und versuche, genauso selbstverständlich, genauso leichtfüßig in den Wald zu gehen wie sie. Ich spüre meinen Herzschlag im Hals, sehe das Blau ihrer Jacke sich entfernen. Lia bewegt sich durch den Wald, als wäre sie schon Dutzende Male an diesen Stämmen vorbeigelaufen.

Ich gehe noch ein paar Schritte in die Richtung, in die sie immer weiter verschwindet, und spüre plötzlich, dass mich etwas umschließt. Eine Art Vakuum, eine Stille, die nichts Friedliches hat. Als wäre der Ton in meiner ganz persönlichen Simulation abgeschaltet worden.

Ein letztes blaues Blitzen in der Ferne, dann sehe ich sie nicht mehr. Es hat keinen Sinn, ihr weiter zu folgen, ich würde mich nur in einem Gebiet verlaufen, in dem der Schutz der CoffeeCompany nicht mehr greift.

Und dann höre ich doch etwas, ganz leise nur. Einen hohen, sirrenden Ton, wie von einem straff gespannten Stahlseil, das in Schwingung gerät. Ein Ton, der nicht in einen Wald gehört.

Ein Geschoss, denke ich. Eine Granate aus der DraußenWelt. Sie haben uns entdeckt, sie greifen uns an. Doch das Geräusch kommt nicht näher. Es entfernt sich auch nicht. Es bleibt vollkommen gleich.

Vielleicht eine Nebenwirkung der Pillen. Ein Ohrgeräusch. Hör auf zu spinnen, denke ich. Hör endlich auf zu spinnen. Dann drehe ich mich um und gehe nach Hause.

IRGENDWAS IST KOMISCH. Ich sitze zwischen meinen Eltern beim MorningCall, und irgendwas ist komisch. Aber ich komme nicht drauf, was es ist.

Die Leute, die mit uns im Call sind, habe ich allesamt noch nie gesehen. Das ist nicht ungewöhnlich, es kommt fast nie vor, dass man ein vertrautes Gesicht entdeckt, also eines, das man von jenseits des Bildschirms kennt, aus der Schule, vom Einkaufen, von Begegnungen auf der Straße.

Der Mann von der CoffeeCompany ist heute ein besonders nichtssagender Vertreter, mit akkuratem Anzug, goldener Bohne am Revers und einer karamellfarbenen Frisur, die wie gegipst aussieht. Sein wächsernes Grinsen beherrscht das ganze Gesicht, er starrt unbewegt und ohne zu blinzeln in die Bildschirmkamera, und seine Stimme klingt, als läse er einen Text vor, den er nicht versteht.

»Und wenn uns die Liebe nicht das höchste aller Güter ist«, sagt er, »wenn sie uns nicht eint und immer wieder bestärkt in unseren Herzen, gegen das Misstrauen und den Hass, gegen das kriegerische Draußen«, sagt er, »was bleibt uns dann? Was ist die beste Zutat zum Glück, wenn nicht die Liebe? Und wenn ihr sie nicht spürt in euren Herzen«, sagt er, »wenn ihr sie nicht lebt mit jeder Faser eurer Seele«, sagt er.

Faser eurer Seele, denke ich. Zutat zum Glück. Nein, das ist es auch nicht. Die Sprache der CoffeeCompany klingt immer irgendwie daneben, auf so unangenehme Art halbrichtig, dass sie sich wie ein konstantes Störsignal in das Grundrauschen der Siedlung mischt. Die Sprache der CoffeeCompany macht die Falschheit schleichend zum Prinzip, deswegen benutzen Lia und ich unsere eigenen Bilder für das, was wichtig ist.

Wenn also alles wie immer ist, was ist dann komisch an diesem Morgen?

Ich sitze zwischen meinen Eltern. Beide haben einen Arm um mich gelegt. Die Hand meines Vaters ist wie immer warm und schwer, die Hand meiner Mutter krallt sich wie immer in meine Schulter. Meine Mutter ist aufgeregt, wie jeden Morgen. Sie denkt, sie ist in einer Art Prüfung, und der Mann mit der Gipsfrisur ist der Prüfer. Meine Eltern lächeln beide um die Wette, was bei meinem Vater besonders lustig aussieht, weil sein Gesicht überhaupt nicht gemacht ist für das LoveCulture-Grinsen. Sobald er sicher ist, dass keiner ihn sieht, hört er sofort auf zu lächeln, und sein Gesicht fällt in seine natürliche Form zurück, in der Freundlichkeit nicht vorgesehen ist. Jetzt aber wirkt es, als würde er die Zähne fletschen und dem Company-Mann an die Gurgel wollen, während meine Mutter ehrlich beseelt scheint und mit dem Taschentuch sogar eine Träne aus ihrem Augenwinkel tupft.

Das alles ist: überhaupt nicht ungewöhnlich.

»Seid denen Säule und Fels, die schwach sind und voller Zweifel, denn sie sind eure Brüder und Schwestern, und wenn ihr dereinst solche Momente habt, werden jene euch stützen, es euch zu vergelten. Seid dessen gewiss.«

Und plötzlich weiß ich es. Eigentlich sind es sogar zwei Besonderheiten. Erstens habe ich das Gefühl, dass mich alle anstarren. Also, natürlich schaut jeder immer in die Kamera. Aber plötzlich scheinen sie mich zu meinen, nur mich anzusehen. Selbst der Mann von der CoffeeCompany hat etwas Lauerndes in seinem Blick, als wartete er auf einen Fehler, eine falsche Bewegung von mir. Vielleicht bilde ich mir das nur ein, vielleicht drehe ich auch langsam durch, aber irgendwie glaube ich, sie alle wissen, dass ich gestern am Wald war, dass ich die Regeln missachtet, mich zu weit vorgewagt habe, und jetzt sitzen sie über mich zu Gericht.

Sind meine Eltern wirklich wie immer? Oder präsentieren sie mich in ihrer Mitte den Geschworenen und warten auf das Urteil? Ist das vielleicht der wahre Grund, warum meine Mutter weint und die Hand meines Vaters plötzlich feucht wird? Instinktiv will ich mich wegdrehen, doch beide verkrallen sich jetzt derart in meine Schultern, dass ich unfähig bin, mich zu bewegen.

Die zweite Besonderheit ist ebenso ungreifbar, auch das könnte bloß Einbildung sein, aber ich habe den Eindruck, dass die Glitches bei uns, also nur in unserem Bild, an diesem Morgen besonders häufig sind.

Ein Glitch ist so was wie ein Fehler in den digitalen Hintergründen. Wir benutzen die Bilder während der Konferenzen ja nicht, weil wir das lustig finden, sondern, damit keiner von der Coffee-Company unsere Wohnungen sieht. Das geht ja niemanden etwas an, wie es bei uns aussieht. Die Hintergründe sind bloß Ablenkung, und je lustiger der Hintergrund, desto mehr hat einer zu verbergen, heißt es. Deshalb achten wir darauf, dass unsere Hintergründe zwar originell, aber nie zu witzig sind. Meine Eltern und ich haben einen Aquariumhintergrund, in dem drei illustrierte Goldfische schwimmen, von denen einer dem Betrachter listig zuzwinkert.

Das mit dem Glitch ist so: Jedes Mal, wenn wir uns bewegen, wenn wir jäh den Kopf wenden oder die Katze aufs Sofa springt, reißt lidschlaglang das Bild hinter uns auf und zeigt den Raum, in dem wir wirklich sind. Als wehte durch die Western- oder Weltraum- oder Comic-Hintergründe ein jäher Pixelstoß, der kurz den Blick auf das ermöglicht, was wir eigentlich verdecken wollen. Sonderbarerweise tritt dieser Effekt nur bei uns auf, nicht bei den Leuten von der CoffeeCompany, und an diesem Morgen sind die

Glitches in unserem Bild so häufig, dass ich denke, das kann kein Zufall sein, die meinen mich. Selbst bei minimalen Bewegungen meines Kopfes reißt das Bild auf.

Vermutlich wäre es mir nicht aufgefallen, wenn ich mir nichts hätte zuschulden kommen lassen, aber plötzlich frage ich mich, ob es der CoffeeCompany vielleicht um genau diese Augenblicke geht, in denen die Technik nicht hinterherkommt. In denen wir uns schneller bewegen, als wir elektronisch freigestellt werden können. Vielleicht ist das auch der Grund, warum bei jeder Konferenz einer von ihnen anwesend ist. Sie wollen uns dazu bringen, Bewegungen zu machen. Deshalb benutzen sie diese seltsam halbrichtige Sprache: damit wir ständig dieses leichte Störgefühl haben. Damit wir während der Calls nervös werden und uns immer schneller bewegen. Deswegen stellen sie manchmal sinnlose Fragen. Damit wir zusammenzucken und sie hinter unsere Bilder sehen können.

Wir aber merken nur, dass etwas komisch ist. Wir wissen nicht genau, was, und dann ist es auch schon vorbei.

10

IN DER SCHULE ERZÄHLE ICH LIA nichts davon. Ich bin zwar froh, sie zu sehen, spüre wie jeden Tag die beruhigende Schwerkraft ihrer Anwesenheit, aber ich fühle mich auch hintergangen.

Natürlich merkt sie sofort, dass was ist.

»Nichts«, sage ich, doch nach der ersten Doppelstunde Geschichte, in der uns Herr Doktor Freitag zum x-ten Mal erklärt, wie der Krieg in der DraußenWelt begann, dass große Teile außerhalb der Siedlung jetzt verstrahlt und verseucht sind und wie die CoffeeCompany es geschafft hat, uns alle zu retten, baut sie sich vor mir auf, noch bevor ich mich an die Kaffee-Ausgabe stellen kann, stemmt die Hände in die Hüften und sieht mich aus blitzenden Augen an.

»Wenn du mir nicht auf der Stelle sagst, was los ist, zerre ich dich in den Wald und werfe dich deinen Monstern zum Fraß vor, Angsthase.«

»Das einzige Monster in diesem Wald steht ja wohl vor mir«, sage ich und weiß selbst, wie dumm das war. Aber sie hätte nicht Angsthase sagen dürfen.

Sie legt den Kopf schräg. Sieht mich an. Eisblaue Bergseen unter zitternden schwarzen Haarspitzen.

»Du bist mir gefolgt«, sagt sie, und es klingt nicht wie eine Frage. »Keine gute Idee.«

Sie wendet sich ab. Stapft nach draußen.

Ich lasse den Kaffee Kaffee sein und gehe hinter ihr her.

»Lia«, sage ich, aber sie ist zu schnell.

Kurz vor den Tischtennisplatten bleibt sie stehen und dreht sich um. Sie scheint nicht den geringsten Zweifel daran zu haben, dass ich hinter ihr hergerannt bin.

»Und«, fragt sie, »wolltest du rausfinden, welche meiner Geschichten stimmt? Kein Problem, ich sag dir die Wahrheit: Ich bin nämlich eigentlich eine Wächterin. Eine Wächterin des Waldes und des Sees. Ich werde von der CoffeeCompany bezahlt, um euch zu schützen. Und um euch zu bewachen, natürlich. Denn der Unterschied zwischen dir und mir ist, dass ich keine Angst habe. Keine Angst vor Lügen. Keine Angst vor der Wahrheit. Keine Angst davor, die Einzige zu sein, die alles infrage stellt. Weil ich keine Angst davor habe, mir selbst zu vertrauen. Denn weißt du was? Du verlierst gerade deinen Kompass. Jeder von euch tut das. Weil euch dieser verdammte Kaffee alles nimmt. Eure Gefühle. Eure Interessen. Sogar euren Anstand. Anständig wäre es gewesen, deinem Sinn für Wahrheit zu trauen, der immer noch da ist, das kann ich spüren. Wer kennt denn die Wahrheit, wenn nicht du? Deine Eltern? Eure Nachbarn? Herr Doktor Freitag? Die CoffeeCompany?

Ich erzähl dir die Wahrheit, wenn du willst. Mit der Wahrheit kenn ich mich nämlich aus. Mit der Wahrheit von Geschichten.

Du willst wissen, wo ich herkomme? Ich erzähl dir eine Geschichte. Du willst wissen, warum ihr nicht in den Wald sollt? Was mit dem Rest der Welt ist? Die CoffeeCompany erzählt euch eine Geschichte. Du fragst dich, warum der See gefährlich ist? Deine Angst erzählt dir eine Geschichte. Du hast Sehnsucht nach Liebe und Glück und all den anderen wunderbaren Gefühlen, die außer dir scheinbar alle in der Siedlung haben? Deine Pillen erzählen dir eine Geschichte.

Die ganze Welt besteht aus Geschichten, Jonah, und es steht dir frei zu wählen, an welche du glauben willst und an welche nicht.

Aber nimm dich in Acht: In dem Moment, in dem du dich für eine Möglichkeit entscheidest, wird sie für dich wahr.«

»Und deine Geschichte?«, frage ich. »An welche Geschichte glaubst du?«

»Finde es heraus«, sagt sie, und dann dreht sie sich um und ist weg.

11

ALS ICH EIN PAAR TAGE später nach Hause komme, finde ich auf unserer Fußmatte einen Umschlag, auf dem mein Name steht, in der schönen, leicht schnörkeligen Handschrift, die alle Botschaften der CoffeeCompany kennzeichnet. Noch während ich ins Haus gehe, öffne ich den Brief. Mein HealthCheck wurde vorverlegt, dabei liegt die letzte Gesundheitsprüfung gerade mal eine Woche zurück. Der Termin soll bereits am Nachmittag sein, ich schaffe es gerade noch, meine Sachen abzulegen und mit meiner Mutter zu essen, bevor ich losmuss.

In den letzten Tagen hat Lia mir Dinge gezeigt, die ihrer Meinung nach beweisen, dass uns die CoffeeCompany manipulieren will. Einmal ist sie mit mir zu einem der Leuchtbildschirme gegangen, die überall rumstehen und ihre Botschaften ständig ändern.

»Warte«, hat sie gesagt und mich hinter eine Häuserecke gezogen. Wir haben uns geduckt und zugesehen, wie immer neue Leute an dem Monitor vorbeigegangen sind. Lia vermutete, dass sich die Botschaften nicht zufällig ändern, sondern in Abhängigkeit von den Menschen. »Ich glaube sogar, dass die Texte auf die momentane Verfassung der Person reagieren, die sich dem Bildschirm gerade nähert. Hast du dich nie gefragt, warum überall in der Siedlung Bildschirme sind, warum sogar im Unterricht alles über diesen großen Monitor läuft, während ihr selbst noch mit Füllern in Schulhefte schreibt?«

»Nein«, sage ich, und das stimmt. Ich habe mich das tatsächlich nie gefragt. Genauso, wie ich mich so vieles andere nie gefragt habe, das mit der CoffeeCompany zu tun hat.

»Ich sag dir, warum. Die Bildschirme sind Augen. Sie sehen dich, aber gleichzeitig will die CoffeeCompany verhindern, dass ihr etwas seht. Dass ihr über die Bildschirme Einblicke erhaltet, die sie nicht kontrollieren können.«

»Wie kommst du darauf?«, frage ich.

»Ich beobachte die Dinger schon eine ganze Weile«, sagt sie. »Aber ich brauche dich, um meinen Verdacht zu bestätigen.«

Ich sehe sie an.

»Keine Angst, den spektakulären Teil übernehme ich. Du musst nur zusehen, was passiert. Kriegst du das hin?«

»Krieg ich hin«, sage ich, und sie steht auf.

»Achte auf den Bildschirm«, sagt sie. »Die ganze Zeit.«

Sie geht darauf zu.

Begib dich in fremdes Gebiet, und du begibst dich in Gefahr, steht auf dem Monitor, begleitet von einer zwinkernden Kaffeebohne. Ein deutlicher, seltsam unverschlüsselter Spruch für die Coffee-Company.

Lia geht weiter auf den Bildschirm zu. Der Monitor beginnt zu flackern. Wieder ändert sich die Botschaft.

Ziehe Gegebenes in Zweifel, und du zweifelst an dir selbst.

Orange auf rosa. Eine ungewöhnlich schrille Farbkombination, die in den Augen schmerzt.

Lia ist schon fast vorbei, als sie mit dem Bein ausholt und dem Leuchtkasten einen harten, präzisen Tritt verpasst.

Er flackert, surrt, wird kurz schwarz. Wie ein geisterhaftes Abbild erstrahlen Lias Umrisse für Sekundenbruchteile in Farbschichten, die als Aura um ihre Silhouette leuchten. Dann baut sich das Bild pritzelnd und flackernd wieder auf. Die Botschaft erscheint erneut.

»Was hast du gesehen?«, fragt sie, als sie wieder neben mir hockt.

Ich sage es ihr.

»Wusste ich's doch«, sagt sie. »Und jetzt pass auf.«

Sie zieht mich hoch. Gemeinsam gehen wir auf den Monitor zu.

»Stopp«, sagt sie, und wir bleiben so stehen, dass unsere Spiegelung die Bildschirmfläche ganz füllt. Ein kurzes Flackern, kaum wahrnehmbar. Der Text ändert sich.

Vertraue deinem Herzen, lass dich von Einflüsterungen nicht verunsichern.

»Und was beweist das?«, frage ich.

Sie zieht mich weiter. »Du bist der mit dem Herzen, ich bin die Einflüsterung.«

An der nächsten ruhigen Straßenecke dreht sie sich zu mir.

»Wir stehen auf ihrer Liste«, sagt sie. »Tut mir leid, Jonah, du hängst da jetzt mit drin.«

»Welche Liste? Wie meinst du das?«

Sie sieht mich ernst an. »Keine Ahnung, wie sie das anstellen. Lach mich nicht aus, aber ich glaube, sie machen so etwas wie Seelenfotos. Irgendwie schaffen sie es, die Stimmung und den Zustand der Bewohner über die Bildschirme zu erfassen und sofort darauf zu reagieren.«

»Aber niemand achtet doch wirklich auf diese Sprüche«, sage ich.

Sie winkt ab: »Ist dir schon mal aufgefallen, wie viele Bildschirme es in der Siedlung gibt? Die Dinger stehen an jeder Ecke! Stell dir vor, dir begegnen den ganzen Tag Botschaften, die nur für dich bestimmt sind. Du hörst sie im MorningCall, du liest sie auf den Monitoren entlang deiner täglichen Wege, als Grußtext zu den Aufmerksamkeiten vor deiner Haustür. Glaub mir, das macht etwas mit dir, ob dir das bewusst ist oder nicht.«

»Du meinst, die Botschaften sollen uns irgendwie … verändern?«

Sie nickt. »Was ihr denkt und was ihr fühlt, ja. Zusammen mit dem Kaffee und den Pillen. Der Kaffee nimmt euch den Kompass, die Pillen geben vor, euch die Gefühle zurückzugeben. Aber in Wahrheit erinnern sie euch nur an das, was ihr verloren habt. Und das ist so verwirrend, dass ihr immer mehr Pillen braucht. Im Grunde spielt die CoffeeCompany den Retter aus einer Not, die sie selbst geschaffen hat. Sie spiegelt euch vor, in einer Welt voller Liebe zu leben, damit ihr nicht merkt, dass die Liebe immer weniger und die Angst immer größer wird.«

»Wow«, sage ich. »Wenn das auch eine deiner Geschichten ist, ist sie zumindest gut ausgedacht.«

Ich verrate ihr nicht, dass ich seit Tagen selbst vermute, die CoffeeCompany könnte eine Technik entwickelt haben, die Glitches bei den MorningCalls wie ein Tor zu nutzen, um dahinter zu sehen. In unsere Wohnungen und vielleicht auch in uns. Dass ich den Verdacht habe, sie könnte das Bild hinter dem Pixelflattern irgendwie einfrieren und analysieren, um daraus Informationen abzuleiten, die wichtig für sie sind. Ich sage ihr das nicht, weil ich keine Beweise habe. Weil es absurd klingt und hervorragend zu den Fantastereien von Jonah, dem Spinner, passt, den eh keiner ernst nimmt. Doch als ich jetzt auf dem Weg zu meinem vorgezogenen HealthCheck bin und an das denke, was in den letzten Tagen sonst noch passiert ist, wird mir komisch. Schon am Morgen hatten wir einen Korb mit kleinen Überraschungen vor der Tür, und auf der Karte dazu stand, dass man dankbar sein und die Dinge schätzen soll, die man hat, statt mehr zu verlangen, als einem zusteht. Meine Eltern dachten, das sei ein Dankeschön für sie, weil sie gerade für bestimmt ein halbes Monatsgehalt Ich-werde-geliebt-Pulver, Ich-bin-wertvoll-Pillen oder was auch immer bestellt hatten. Sie dachten, die CoffeeCompany wollte damit eine liebevoll gemeinte Mahnung verbinden, es mit dem Konsum nicht zu übertreiben, aber ich wusste gleich, dass der Spruch mir galt. Vielleicht sehe ich aber auch nur Gespenster, weil ich seit Lias Zusammentreffen mit dem Bildschirm jeden Text, der mir begegnet, probehalber auf mich beziehe, um herauszufinden, ob ihre Vermutung stimmt.

Ich erreiche die Bushaltestelle. Auf der digitalen Fahrplaninformation warnt ein Lauftext davor, hinter die Dinge zu sehen. Das sei Sünde und führe ins Verderben.

Natürlich steht das da nicht wörtlich so. Die Warnung ist als netter Spruch verkleidet, der genauso harmlos und pfiffig klingt wie alle Sprüche der CoffeeCompany. Er kann als augenzwinkerndes Schulterknuffen verstanden werden, wenn man nicht groß darüber nachdenkt. Und wir denken normalerweise nie groß darüber nach, wir denken immer nur: Hach, wieder eine liebevolle Aufmerksamkeit der CoffeeCompany. Und obwohl das Wesen dieser Texte gerade ihre Orakelhaftigkeit ist, also, dass sie auf alles und nichts passen und jeder darin einen Spiegel sehen kann, für was auch immer, erschrecke ich vor diesem Spruch, und das seltsame Gefühl ist immer noch nicht weg, als ich aussteige und zum Gebäude des Gesundheitsamtes gehe.

Für den HealthCheck setzen wir uns in einen Sessel, von dem viele farbige Kabel abgehen. Sie münden in einen polierten schwarzen Kasten auf dem Tisch des Arztes. Der Apparat sieht aus wie ein nautisches Gerät, mit dem man rausfinden kann, wohin man fährt und ob Eisberge unter dem Schiff sind. Der Arzt lässt einen flexiblen Stab, der ebenfalls an den Kasten angeschlossen ist, vor meinem Oberkörper hin- und herschwingen und drückt ein paar Tasten. Wozu das gut ist, weiß ich nicht, aber der Sessel ist bequem, und ich bekomme sogar Kaffee. Ich werde ein bisschen schläfrig von dem gleichmäßigen Gependele und dem Surren des Geräts, und zum ersten Mal sehe ich das Bild dem Behandlungssessel gegenüber. Es hängt da wahrscheinlich schon immer, es ist wie eine Musik, die man nur wahrnimmt, wenn einen jemand darauf anspricht. Es ist die Sorte Bild, die im Gesundheitsamt eben hängt, irgendwas Abstraktes, aber plötzlich erkenne ich eine Herzbohne darin, die mich hämisch angrinst.

Der Arzt merkt wohl, dass ich zusammenzucke, denn am Ende sagt er nicht wie sonst: »Alles bestens, wir sehen uns in einem Monat«, sondern guckt nur komisch und verabschiedet mich, als sähen wir uns nie wieder.

Natürlich kann das alles Zufall sein. Sobald man etwas Bestimmtes im Kopf hat, sieht man es ja plötzlich an jeder Ecke. Trotzdem habe ich das Gefühl, dass alles ins Wanken geraten ist, seitdem ich Lia kenne. Plötzlich ist da eine neue Stimme in mir, die nicht mehr sagt, ich soll mir ein unauffälliges Leben über den Kopf ziehen, damit ich bloß in Ruhe gelassen werde. Sie sagt nicht, ich soll mir die wirren Gedanken aus dem Kopf schlagen, weil die CoffeeCompany nur mein Bestes will. Die neue Stimme sagt: Kommt doch, wenn ihr wollt. Fangt uns, wenn ihr könnt. Ich hab Lia an meiner Seite, was habt ihr? Die neue Stimme ist das Superheldengefühl. Es macht mich leichtsinnig. Es macht mich unvorsichtig. Und es fühlt sich unglaublich gut an.

Plötzlich stelle ich mir Fragen, die ich mir nie gestellt hätte. Fragen wie: Was ist da, wo die CoffeeCompany nicht ist? Ist der Wald wirklich gefährlich? Was ist mit dem Sperrgebiet, den Hügeln, dem See? Warum will uns die CoffeeCompany von dort fernhalten? Um uns zu schützen? Und wenn ja: wovor?

Normalerweise fühle ich mich nach dem HealthCheck so ziemlich wie vorher. Auch meine Pillen werden selten angeglichen. Vielleicht ist das Mint mal etwas blasser oder kräftiger, aber im Grunde bleibt die Wirkung gleich. Doch als ich jetzt mit dem Bus von der Untersuchung nach Hause fahre, spüre ich ein unangenehmes Ziehen in meinem Brustkorb, begleitet von einer seltsamen Kälte. Ich habe das Gefühl, nicht mehr richtig atmen zu können.

Ich gehe zum Kaffeespender im Bus und trinke schnell hintereinander zwei Becher. Es wird etwas besser, ich beruhige mich, auch meine Gedanken spielen nicht mehr verrückt.

Dann kommt meine Station. Ich steige aus und will gerade in die Straße zu unserem Haus einbiegen, als mir jemand ein Flugblatt entgegenstreckt.

Werbung, denke ich, ein neues Café, eine Rabatt-Aktion, doch als ich die Worte überfliege, stockt mir der Atem.

Geh heute Abend zu dem verbotenen See, steht da. *Entdecke die Wahrheit hinter den Geschichten.*

Entsetzt blicke ich auf.

Lia grinst mich an: »Was ist los, Angsthase, Lust auf einen Ausflug?«

12

WIR WARTEN BIS KURZ vor Anbruch der Dämmerung. Bis niemand mehr hinter uns auf der Straße zu sehen ist. Dann laufen wir in den Wald.

Lia bewegt sich, als wäre sie schon hundertmal auf dieselbe Art zwischen den Bäumen herumspaziert. Ich kann nicht viel erkennen, aber sie ist bei mir, und was immer auch passiert, es geschieht uns zusammen. Ich muss ihr nur folgen, durch dichtes Unterholz, über Dornenranken hinweg, entlang zugewucherter Bäche und Gräben. Ich muss ihr nur folgen, und doch ist da etwas, das ich nicht einordnen kann. Ein Gefühl, das ich noch nie hatte. Es ist wie der Moment in Zeichentrickfilmen, wenn die Figur noch eine Zeit lang über den Abgrund hinaus weiterläuft, weil der Glaube an einen Boden unter den Füßen so lange festen Grund erschafft, bis die Figur nach unten sieht und merkt, es gibt gar keinen Boden mehr – und in die Tiefe stürzt.

Natürlich kann ich gar nicht wissen, wie es sich anfühlt, wenn einem alles, was man für sicher gehalten hat, jäh entrissen wird, aber allein die Vorstellung erzeugt ein Ziehen im Bauch, eine theoretische Angst, die existenziell ist und sich gleichzeitig überhaupt nicht anfühlt wie Angst. Es ist eine Empfindung wie durch zahllose Schichten hindurch, weil ich nicht einmal weiß, was da lauert, wo Lia hinwill. Ich weiß nur, dass es einen Grund geben muss, den Hügeln und dem See fernzubleiben, weil die Einzigen, die wirklich etwas darüber wissen könnten, nie von dort zurückgekehrt sind.

»Ach Jonah«, unterbricht sie mich, als ich gerade anfange, ihr die Trickfilmsache in Bildern zu erklären, die weniger kompliziert sind als die Worte in meinem Kopf, »du weißt selbst, dass die Angst vor Monstern Monster erschafft, oder?«

Meine Arme und Beine sind zerkratzt von Dornen und Ästen, während Lia durch den Wald tänzelt wie ein Frühlingsmädchen in irgendeiner Parfümwerbung.

»Wenn ich wüsste, es gäbe da ein Monster, hätte ich wenigstens nur Angst vor dem Monster«, sage ich. »Und nicht vor etwas, für das ich keine Worte habe. Nicht mal ein Bild.«

»Angst ist immer Zeitverschwendung«, sagt sie, »egal, wovor.«

»Dann ist mein ganzes Leben Zeitverschwendung«, rufe ich hinter ihr her. »Weil ich, seitdem ich denken kann, Angst davor habe, dass alles nicht echt ist.«

Sie bleibt stehen und dreht sich um: »Wie meinst du das, nicht echt?«

»Na, alles«, sage ich. »Menschen. Tiere. Alles. Dass du nicht echt bist. Dass ich mir dich bloß einbilde. Dass ich mich irgendwann umdrehe, und du bist weg.«

»Du denkst, ich bin nicht echt?«

Sie lächelt wieder ihr angedeutetes Lächeln und tritt so nah an mich heran, dass mir schwindelig wird.

»Soll ich dir zeigen, wie echt ich bin?«

Ihr Mund ist so dicht vor meinem, dass ich ihre Worte auf der Haut spüre. Jetzt passiert es, denke ich, jetzt küsst sie mich, und ich weiß, dass sie weiß, dass ich das denke. Sie spielt damit, sie will sich über mich lustig machen, denke ich automatisch, obwohl ich weiß, dass sie mich mag, was wiederum ein Beweis dafür wäre, dass es sie gar nicht geben kann, weil in Wahrheit alles nur ein einziger großer Spiegel ist, der mir wieder und wieder zeigt, wie lächerlich ich bin.

Und dann tut sie es wirklich, ganz schnell nur: Ihre Lippen

berühren meine, und ich weiß, das klingt blöd, aber ich verstehe plötzlich die Geschichten, in denen ein einziger Kuss Leute erlösen oder verzaubern oder retten oder sogar ein ganzes Land befreien kann, und es ist egal, ob ich ihr nur leidtue, weil ich den ganzen restlichen Weg völlig weggetreten bin. Ich sage kein Wort mehr, ich folge ihr wie ferngesteuert zum Waldrand und habe keine Ahnung, ob wir zehn Minuten oder eine Stunde bis dahin gebraucht haben.

Erst als ich neben ihr in dem Erdloch liege und wir die Sperrzone vor uns haben, als ich den leicht torfigen Geruch rieche und diese dunkel gleitenden Schatten auf den Hügeln sehe, erwache ich aus meiner Trance. Ich habe nicht die geringste Ahnung, was das ist. Ich weiß nur, dass wir hier wegmüssen. Sofort.

»Ich sag dir, was ich rausgefunden habe«, wiederhole ich und stehe auf. »Morgen Abend. Wenn es dunkel wird. Am Waldrand, bei den Verrückten. Weißt du, wo das ist?«

Langsam schüttelt sie den Kopf, aber sie steht auf und folgt mir zurück durch den Wald, und das ist alles, was ich in diesem Moment will: uns beide in Sicherheit bringen.

»Ich erklär dir den Weg morgen in der Schule«, sage ich und nehme ihre Hand.

Ich nehme wirklich ihre Hand.

Gemeinsam gehen wir zurück durch den Wald, ich halte weiter ihre Hand und habe nicht den geringsten Grund zu glauben, dass am Leben mehr dran sein könnte als das.

13

NORMALERWEISE DAUERT DAS Superheldengefühl höchstens ein paar Minuten. Diesmal ist es sogar noch da, als ich wieder zu Hause bin und durch die halb geöffnete Wohnzimmertür meinen Eltern zurufe, dass ich zurück bin.

Ich bleibe kurz stehen und warte auf eine Antwort, doch außer den Geräuschen aus dem Fernseher höre ich nichts. Keinen Aufschrei der Empörung oder der Erleichterung. Keine Predigt, was ich mir eigentlich einbilde, ob ich nicht weiß, wie gefährlich das ist, um diese Zeit noch draußen zu sein, sie hätten sich solche Sorgen gemacht. Nichts.

Normalerweise hätte mich das stutzig gemacht. Normalerweise wäre mir ein richtiger Wutanfall lieber gewesen als diese Null-Reaktion. Weil ich genau gewusst hätte, am nächsten Tag kommt das Donnerwetter. Doch ich spüre noch immer Lias Hand in meiner. Ich spüre noch immer den Kuss auf meiner Haut und ihre Stimme in mir, und als ich im Bett liege und die Augen schließe, bin ich stolz, zum ersten Mal keine mintfarbene Pille zum Einschlafen genommen zu haben.

14

WIE BEGEGNET MAN JEMANDEM am nächsten Tag, mit dem man händchenhaltend durch einen dunklen Wald gegangen ist? Mit dem man gemeinsam in der Nähe des gefährlichsten Ortes der Siedlung war, der einen fast richtig geküsst und dadurch alles auf den Kopf gestellt hat? Wie begegnet man so jemandem am nächsten Morgen, bei Tageslicht, dazu noch in der Schule?

Es gibt zwei Möglichkeiten: die Art, wie gewöhnliche Menschen darauf reagieren – und die Art, wie ich das tue.

Normale Menschen könnten es kaum erwarten, der ganzen Klasse stolz das nächste Level der Beziehung zu demonstrieren. Schon durch die Begrüßung, einen Kuss auf die Wange vielleicht. Irgendetwas, das den neuen Status sichtbar macht, auch um sich selbst zu beweisen: Das war kein Traum. Das alles ist wirklich passiert.

Kein normaler Mensch jedenfalls würde tun, was ich tue, nämlich gar nichts. Zwar spielt in meinem Inneren noch immer alles verrückt, aber nach außen hin wirke ich vermutlich verschlossener als sonst. Die ganze Zeit habe ich Angst, Lia könnte mir durch ihr Verhalten spiegeln, dass alles nur Einbildung war, und wenn ich sie dann bereits begrüßt hätte, als seien wir jetzt irgendwie zusammen oder so, wäre das die ultimative Demütigung.

Also sitze ich weiter verkrampft an meinem Platz und starre auf meinen Füller, den ich genauso sinnlos über einem karierten Blatt Papier auf- und zudrehe, wie Lia das bei unserer ersten Begegnung getan hat. Auf den Gedanken, was *ich* ihr dadurch signalisieren könnte, komme ich nur kurz, weil ich nicht glaube, dass jemand wie Lia so funktioniert wie ich.

Natürlich merke ich sofort, wann sie in die Klasse kommt, auch wenn die Tür hinter meinem Rücken ist. Ich spüre ihren Körper sich nähern, wie immer, spüre meinen Herzschlag schnell und hart in meinem Hals, spüre, wie mir die Luft wegbleibt, das Rauschen in den Ohren. Ich höre, wie sie ihren Stuhl zurückzieht, und rieche erst ihre Haare und dann ihre Jacke, als sie sich neben mich setzt.

»Hi«, sagt sie und lässt dadurch das ganze vertrackte Labyrinth, in dem ich mich immer weiter verrenne, einfach verschwinden.

Sie hängt ihre Jacke über den Stuhl und nimmt mir den Füller aus der Hand.

»Hier ist unsere Schule«, sagt sie, zieht das Blatt zu sich heran und macht irgendwo ein Kreuz. »Und das ist der Wald.« Sie umschlängelt eine karierte Fläche. »Das ist, wo wir gestern waren.« Eine Zickzacklinie deutet den Hügelkranz an, eine schraffierte Fläche den See. Am Waldrand liegen zwei Strichmännchen.

»Das sind wir.« Sie dreht mir ihr Gesicht zu, grinst mich an und zeichnet ein Herz um die beiden. Noch bevor ich mich entscheiden kann, ob das jetzt kitschig oder ironisch ist, überfliegt die Füllerspitze die Konturen des Waldes.

»Und wo genau willst du mir heute Abend dein großes Geheimnis verraten? Und warum geht das nicht hier?«

»Das erkläre ich dir heute Abend«, flüstere ich und komme mir vor wie ein entsetzlicher Wichtigtuer. »Kennst du die Stelle mit dem Kinderkarussell? Etwa hier, an der Grenze zwischen Siedlung und Wald?«

Ich mache ein Kreuz fast gegenüber von da, wo wir am Abend zuvor in den Wald gegangen sind, zeichne ein paar Straßen entlang der Kästchen ein und markiere drei Fixpunkte, von denen ich weiß, dass sie sie kennt.

»Nein.« Sie nimmt das Blatt, faltet es zusammen und steckt es sich in die Hosentasche. »Aber finde ich schon.«

»Gut«, sage ich. »Ich warte beim Karussell auf dich. Kurz bevor es dunkel wird.«

»Wehe, deine Entdeckung ist langweilig. Oder nur so mittel aufregend.«

»Dann?«

»Räche ich mich mit einem nur mittel aufregenden ...«

Weiter kommt sie nicht, weil Herr Doktor Freitag die Tür so laut zuschlägt, dass alle starr dasitzen und es sofort ruhig ist in der Klasse.

»Guten Morgen«, sagt er in die Stille hinein. Er sieht aus, als wäre jemand gestorben. Nein, eigentlich sieht er aus, als hätte jemand seinen Hund vergiftet und er wüsste genau, wer das war, nämlich wir.

»Ich will nicht groß drum rumreden«, sagt er. »An der Schule hat es einen Vorfall gegeben.«

Er blickt reihum in jedes einzelne Gesicht. Ich habe keine Ahnung, was er damit meint, und ich bin sicher, die anderen wissen es auch nicht. Solange ich auf diese Schule gehe, hat es noch nie einen Vorfall gegeben, aber ein Vorfall scheint etwas Schlimmes zu sein, sonst sähe Herr Doktor Freitag nicht so aus, wie er aussieht.

Er setzt sich an seinen Platz, schaltet den großen Bildschirm hinter sich ein und bewegt mit seinem Finger auf dem Monitor vor sich den Cursor. Herr Doktor Freitag öffnet den Ordner *Allgemeines*, dann *Regeln*, dann *Grundsätzliches* und lässt die Gebote der Coffee-Company eins nach dem anderen vor uns einblenden. Es sind keine Regeln im eigentlichen Sinn, also im Sinne von Verboten, weil sie ja unserem Schutz dienen und nur zu unserem Besten sind, aber dass man nach Einbruch der Dunkelheit nicht draußen sein soll, dass es besser ist, den Wald zu meiden, und dass die Sperrzone Lebensgefahr bedeutet, wissen nun wirklich alle. Dass er das trotzdem vor uns ablaufen lässt, kann nur bedeuten, dass der Vorfall irgendwie damit zu tun hat. Dass sich jemand nicht an die Regeln gehalten hat.

Natürlich denke ich sofort an Lia und mich. Andererseits kann ich mir das nicht vorstellen. Die Sache mit dem Wald und der Dunkelheit ist nur eine Empfehlung, und dem Sperrgebiet haben wir uns nicht wirklich genähert.

»Von nun an stehen wir unter Beobachtung«, sagt Herr Doktor Freitag. »Ihr wisst hoffentlich, was das heißt.«

Wir warten auf eine nähere Erklärung des Vorfalls und darauf, dass er das mit der Beobachtung erläutert, aber es kommt nichts mehr.

»Der Unterricht ist für heute ausgesetzt«, sagt Herr Doktor Freitag schließlich, und weil ihn alle nur weiter anstarren, macht er mit seinen Händen eine Bewegung, als würde er mehrfach hintereinander etwas anheben.

»Raus mit euch.«

15

DIE RESTE DES PARKS, in dem ich mit Lia verabredet bin, sind das Einzige, was noch an die Welt erinnert, wie sie gewesen sein muss, bevor es die Siedlung gab. Vielleicht, denke ich manchmal, war früher die ganze Siedlung der Park. Ein riesenhafter Vergnügungspark, in dem Menschen aus allen Teilen der alten Welt zusammenkamen, um eine Zeit lang raus aus allem zu sein, aus ihren Abläufen, ihren Wohnungen, ihren Leben. Dafür spricht, dass die Siedlung vom Wald ringförmig umschlossen ist wie die Pupille von der Iris. Welcher Wald hat mittendrin ein Loch, das groß ist wie unsere Siedlung? Dagegen spricht, dass außer dem verwitterten Kinderkarussell und ein paar rostigen Gestängen, die Teile einer Achterbahn gewesen sein mögen, nichts mehr auf diese Möglichkeit hindeutet. Die Reste des Parks sind Niemandsland, eine Grauzone zwischen der Siedlung und dem Wald. Es ist nicht verboten, sich dort aufzuhalten, aber niemand käme auf die Idee, freiwillig dort hinzugehen. Es heißt, die Verrückten haben den Park in Beschlag genommen, und den Verrückten will niemand begegnen. Jede Nacht machen sie Feuer aus dem, was sie im Schutz der Dunkelheit in unseren Mülltonnen finden, heißt es. Sie reden wirres Zeug und leben wie Wilde. Sie tanzen die ganze Nacht um ihre Feuer, und wenn man nur ein paar Schritte in den Wald geht, hört man sie johlen und kreischen.

Der Ort ist ideal, um mit Lia zu sprechen, weil es hier garantiert keine Bildschirme gibt.

Ich komme, als es noch hell ist, ich will sie auf keinen Fall hier warten lassen. Über dem Karussell hängt eine löchrige Plane. Ich sehe mich um, schlüpfe ins Innere und setze meinen Rucksack auf den Boden. Das Licht ist milchig, es riecht nach Wald und modrigem Keller. Ich lehne mich gegen ein weißes Holzpferd mit goldenem Sattel, kippe meinen Rucksack aus und ziehe mich um. Es sind die ältesten Sachen, die ich finden konnte, von Motten zerfressen, viel zu groß, die meisten von meinem Vater. Ich will aussehen wie einer von ihnen, damit niemand Verdacht schöpft. Damit sich jeder, der Lia und mich von Weitem sieht, sofort abwendet, aus Angst, schon der Anblick eines Verrückten könnte dessen Energie übertragen. Oder der Verrückte könnte einen Augenkontakt als Einladung verstehen, als Herausforderung, aus seiner gebeugten Haltung zu erwachen, affengleich auf ihn zuzustürmen, ihm durchs Gesicht zu lecken, Stücke aus seinem Körper zu beißen oder was immer Verrückte in der Vorstellung der Siedlungsbewohner so tun.

Ich stopfe meine normalen Sachen in den Rucksack und sehe durch die Löcher in der Plane. Ich habe alles im Blick, während ich selbst unsichtbar bin. Zur einen Seite den Wald, zur anderen Seite die Ausläufer der Siedlung, davor die Reste der Achterbahn, deren Gestänge wie Urzeitknochen aus dem Boden ragen.

Es wird langsam dunkel. Immer wieder laufen Leute in einiger Entfernung vorbei. Keine Lia.

Als ich nur noch Schemen erkenne und der Wald näher zu rücken scheint, meine ich Gestalten wahrzunehmen, die sich aus dem Dämmer lösen, aber das muss eine Täuschung sein, das Ergebnis meines angestrengten Starrens.

Es passt nicht zu ihr, dass sie zu spät kommt. Es passt nicht zu ihr, dass sie einen Treffpunkt nicht findet. Es passt nicht zu der Lia, die ich kenne, die alles durchschaut, der keiner was vormacht.

Was, wenn sie wirklich nicht kommt? Wenn mich stattdessen die Verrückten finden, verkleidet als einer von ihnen? Wer ist dann der Verrückte?

Erst jetzt wird mir klar, dass ich nur deswegen bisher keine Angst hatte, weil ich dachte, Lia taucht jede Minute auf. Weil ich wusste, bald ist sie bei mir, bis dahin trägt mich das Superheldengefühl. Aber jetzt fällt das alles von mir ab, und ich bin wieder allein mit mir.

Hinter meinem Rücken ein Rascheln, ein Flattern, ein dumpfes Schlagen. Das sind sie, gleich haben sie mich. Instinktiv ducke ich mich hinter das Pferd und hoffe, die Geräusche ziehen vorbei. Aber sie kommen näher, direkt auf mich zu, ich höre Schritte auf den Stufen des Karussells und fahre herum.

»Deswegen werde ich dich nicht erkennen?« Sie grinst. »Weil du dich vor mir versteckst?«

Ich brauche ein wenig. Lia zieht einen Ast mit Zweigen und Blättern hinter sich her.

»Dachte, das ist eine gute Tarnung«, sagt sie, als sie meinen Blick bemerkt. »Damit die Verrückten mich nicht entdecken.«

Ich freue mich, dass sie da ist. Aber ich habe schon wieder das Gefühl, sie macht sich über mich lustig.

»Also«, sagt sie. »Was ist so wichtig, dass du es mir nur im Schatten eines Kinderkarussells mitteilen kannst?«

Sie stellt sich vor mich, sieht mich an, ich erzähle ihr alles. Von dem seltsamen MorningCall. Von meinem Verdacht mit den Glitches. Dem vorgezogenen HealthCheck, dem Bild bei der Untersuchung, den sonderbaren Texten entlang meiner Wege.

Lia hört mir zu, ich weiß nicht, ob neugierig, interessiert oder misstrauisch, und als ich fertig bin, schweigt sie noch eine Weile. Sie lehnt an einem Schwan, sie sagt: »Wir kriegen die dran, Jonah. Ich weiß noch nicht genau, wie, aber wir kriegen die dran.«

»Was meinst du mit drankriegen?«

»Ich will wissen, was sie vorhaben. Um ihre Pläne durchkreuzen zu können, müssen wir ihre Pläne kennen.«

Lia klingt wie eine Samurai-Regel, und ich fühle mich sofort wie die Superheldenversion eines dieser selbstsicheren Typen, die jeden Augenblick sagen könnte: »Okay, dann retten wir eben die verdammte Welt. Irgendwer muss den Job ja machen.« Es ist ein Gefühl, das ich gern als Pille hätte.

»Und wie genau machen wir das?«, frage ich.

»Du meinst, wie wir sie besiegen?« Sie lächelt: »Tiefseeforscher und Astronauten. Über allem und gleichzeitig unter allem. Wir müssen raus aus ihrem Einflussbereich, Jonah. Auch wenn es einsam und kalt wird. Aber wir können nur da klar sehen, wo die CoffeeCompany nicht ist.«

»Und wo soll das sein?«

»Nicht wo, Jonah. Die Frage lautet: wie. Wir müssen einen Zustand erreichen, in dem sie uns nicht finden. Wir müssen alle Verbindungen zu ihnen kappen. Aber wir kriegen sie dran, Jonah. Wir sind mutig und stark.«

»Ich bin nicht mutig, das weißt du genau.«

»Weil sie dir den Angsthasen so sehr einreden, dass du selbst schon an ihn glaubst. Glaub an die richtigen Sachen, Jonah. Hör auf, ihre Pillen zu schlucken. Hör auf, ihren Kaffee zu trinken. Kein MorningCall mehr, kein HealthCheck. Öffne keine Geschenke. Lies keine Nachrichten. Und vor allem: Halte dich von den Bildschirmen fern. Glaub nur noch an dich. Und an das hier.«

Und dann küsst sie mich. Und dann küsst sie mich richtig, und es ist, als hätte mein Körper kein Gewicht mehr, als löste ich mich langsam auf, und all der Glitzer und die Lämpchen um uns rum fangen plötzlich an zu blitzen und zu leuchten wie Sterne, zwischen denen wir schwerelos treiben: zwei Astronauten im nachtschwarzen All.

16

AM NÄCHSTEN MORGEN mache ich mir keine Gedanken mehr darüber, wie ich ihr begegnen soll. Dass man niemanden so küsst, über den man sich nur lustig machen will, weiß ausnahmsweise sogar ich, das Astronautengefühl war auch beim Einschlafen noch da.

Bisher habe ich weder Kaffee getrunken noch eine einzige Pille genommen, und den MorningCall habe ich mit der Begründung geschwänzt, ich müsste noch für eine Arbeit lernen. Meine Eltern haben das nur stirnrunzelnd zur Kenntnis genommen.

Seitdem ich Lia in den Wald gefolgt bin, verhalten sie sich, als sei ich ein Gespenst, eine irgendwie vorübergehende Erscheinung. Ich würde gern mit ihnen darüber reden, aber wenn ich von der Schule komme, sind beide nicht da. Beim Abendessen sprechen wir kaum, und danach sitzen sie vor dem Bildschirm.

Vielleicht wurden ihre Pillen neu eingestellt. Zwar haben sie sich auch vorher nicht aufopfernd um mich gekümmert, aber dass ich ihr Sohn bin, hat man zumindest daran gemerkt, dass sie mich hin und wieder zurechtgewiesen haben. Jetzt gehen sie jedem Gespräch aus dem Weg, als würden sie denken, dass es sich sowieso nicht mehr lohnt.

Wissen sie etwas über mich, das ich nicht weiß? Dass ich längst schuldig gesprochen bin und es nur eine Frage der Zeit ist, bis jemand kommt und mich holt?

»Trink Leitungswasser«, hat Lia gesagt. »Das ist eine ihrer

Lügen, dass man das Wasser nicht trinken darf. Ich hab es einfach gemacht, und mir ist nichts passiert. Es ist nicht giftig. Ich bin nicht krank. Es ist ganz normales Wasser, und dass niemand je darauf gekommen ist, dass niemand je darauf kommt, es einfach zu versuchen, zeigt doch, wie sehr die Siedlung bereits im Griff der Company ist.«

»Trink Wasser, Jonah«, hat Lia gesagt, und ich habe Wasser getrunken, gestern Nacht und heute früh, und ich fühle mich weniger benebelt. Vielleicht liegt es auch an dem Kuss.

Ich sitze an meinem Platz und warte auf sie und fühle mich zum ersten Mal nicht mehr erdrückt von meinem Panzer. Ich will nicht sagen, dass ich über Nacht zum Menschenfreund geworden bin, aber dieses Ich-gegen-alle-Gefühl ist irgendwie milder. Möglicherweise lächele ich sogar versonnen vor mich hin, anders ist es nicht zu erklären, dass ausgerechnet Jens Ramme sich vor mir aufbaut und mich komisch ansieht.

»Na, Träumchen, wie ist die Luft da oben?«

Mein Name ist Schlosser, wenn das jemand wissen will, Jonah Schlosser, und in den ersten Jahren auf dieser Schule war ich dankbar, dass weder mein Vorname noch mein Nachname sich für irgendwelche Scherze aufdrängt.

Dann kam Mannschaftssport. Ich kriegte die Bälle meist ins Gesicht, bin vor ihnen weggelaufen, statt sie zu fangen, weil ich Angst hatte, verantwortlich für den Erfolg oder Misserfolg der Mannschaft zu sein, und aus Schlosser wurde Schisser.

Als eines Tages unser Sportlehrer auf die demütigende Idee verfiel, auch mal die Nieten Mannschaften wählen zu lassen, kamen der dicke Falk Ziegenhagen und ich in den zweifelhaften Genuss, Herren über gut und schlecht spielen zu dürfen. Ziegenhagen gewann das Stechen und durfte anfangen. Natürlich wählte er zuerst Jens Ramme. Ich aber nutzte meine neue Machtposition, um nach und nach auf all jene zu zeigen, die sonst als trauriger

Rest bis zuletzt auf der Bank blieben. Es war nicht meine Absicht, den barmherzigen Samariter zu spielen oder irgendeine Form der Gerechtigkeit herzustellen. Im Gegenteil, ich wollte eine ernst zu nehmende Mannschaft aus Gescheiterten formen, die niemand auf dem Zettel hatte. Ich ahnte, wie viel Energie freiwerden würde, wenn plötzlich jemand an sie glaubte, und schwor die Mannschaft darauf ein, den Überraschungseffekt zu nutzen, den Gegner über seine Selbstzufriedenheit stolpern zu lassen. Zu beweisen, dass wir keine Witzfiguren waren.

Natürlich wurde keiner von uns dadurch zu einem besseren Spieler. Wir waren dieselben Pfeifen wie vorher, aber wir konnten auf einmal kämpfen. Wir brannten. Und manchmal gelang es uns wirklich, unseren Gegner zu übertölpeln. Ein Tor zu erzielen. Einmal sogar in Führung zu gehen.

Eine Zeit lang hatte ich geglaubt, dass wir sie schlagen konnten. Dass das Aufbegehren der ewig Unterschätzten stärker sein könnte als der minimale Aufwand, den unsere Gegner betrieben, um uns fertigzumachen. Aber es war nicht so. Der Underdog-Effekt verpuffte, und wir merkten, dass unsere angestaute Wut nicht reichte, um der technischen Qualität unserer Gegner etwas entgegenzusetzen.

Danach war alles wie immer. Nur bekam ich einen neuen Spitznamen. »Sag mal, hast du wirklich geglaubt, du kannst mit deinen Gurken was reißen, Traumschlosser? Bist du irgendwie scharf aufs Verlieren oder so?«

Aus Traumschlosser wurde Träumer und in der bösartigen Ausprägung Träumchen, was ich besonders hasste, weil es nach rosa Glitzerfee klang.

»Hallo! Schön da oben?«, wiederholt Jens Ramme, aber der Lia-Effekt lässt mich weiter versonnen lächeln.

»Ja. Sehr schön.«

Ramme verzieht das Gesicht, als hätte er gerade in einen faulen

Apfel gebissen. Er wendet sich ab und geht zu seinem Platz, und erst da fällt mir auf, dass Lia noch nie so spät war. Dass sie längst hätte hier sein müssen.

Ich drehe mich um, als Herr Doktor Freitag in die Klasse kommt und sanft die Tür hinter sich schließt. Die Stimmung vom letzten Mal scheint verflogen, er geht wie immer nach vorne und richtet sich in Ruhe an seinem Platz ein.

»Guten Morgen«, sagt er und sieht lächelnd in die Runde. »Es freut euch sicher zu hören, dass die Aufregung von gestern vorbei ist. Es handelte sich um einen temporären Störfall, der sich als harmloser herausgestellt hat als gedacht. Mehr kann ich dazu nicht sagen, aber jetzt ist wieder alles beim Alten.«

Er lässt seinen Blick noch eine Weile durch die Klasse schweifen, dann schaltet er den großen Monitor hinter sich ein und sagt: »Also schön. Weiter im Text.«

17

ALS ES ZUR PAUSE LÄUTET, ist Lia noch immer nicht da. Ich gehe zum Tor, blicke die Straße runter, laufe bis zu der Kreuzung, an der wir uns immer verabschieden, der Kreuzung, an der wir uns auch gestern Abend getrennt haben.

Das ist nicht ihre Art. Ich kenne Lia jetzt schon fast einen Monat, jedenfalls lange genug, um zu wissen, dass hier etwas überhaupt nicht stimmt.

»Wissen Sie, was mit Lia ist?«, frage ich Herrn Doktor Freitag nach dem Unterricht. »Haben Sie etwas gehört?«

Ganz langsam blickt er von seinem Monitor auf und sieht mich an. »Was soll der Unsinn, Schlosser, hast du kein Zuhause?«

»Sie haben doch sicher Bescheid bekommen!«

»Raus mit dir«, sagt er und macht eine Geste, mit der man normalerweise Fliegen verscheucht.

18

ICH WARTE DEN GANZEN TAG. Ich bleibe bis zum Abend im Haus, weil ich denke, sie taucht vielleicht noch auf. Möglicherweise glaubt sie, dass heute kein Unterricht ist, weil Herr Doktor Freitag gestern alle nach Hause geschickt hat.

Aber sie taucht nicht auf, und es fällt mir schwer, keine Pille zum Einschlafen zu nehmen.

19

ALS SIE AUCH AM NÄCHSTEN TAG nicht in der Schule ist, gehe ich ins Sekretariat und frage nach Lias Adresse.

»Adressen darf ich nicht rausgeben«, sagt eine ältere Frau mit Dutt, die ich noch nie gesehen habe. Über ihre Halbbrille blickt sie mich an.

Ob sie sich denn krankgemeldet hätte.

»Wie war der Name?«

»Lia. Sie sitzt neben mir.«

»Euer Klassenlehrer hat nichts dazu gesagt?«

»Nein.«

Sie blättert in einem Buch.

»Lia und wie weiter?«

»Weiß ich nicht. Sie ist neu in unserer Klasse.«

Die Frau schüttelt den Kopf und fährt mit dem Zeigefinger irgendwelche Spalten hoch und runter.

»Ich finde hier keine Lia.«

»Sie müssen doch herausfinden können, wer neu in unsere Klasse gekommen ist!«

Sie schaut mich an, nimmt ihre Brille ab und sagt: »Ich kann dir nicht helfen, Junge, tut mir leid.«

20

ICH VERSUCHE ES noch einmal bei Herrn Doktor Freitag. Ich deute auf den leeren Platz neben mir und sage, das kann doch nicht sein, dass sie sich noch immer nicht gemeldet hat. Dass sich niemand Sorgen um sie macht.

»Was willst du eigentlich, Jonah«, fragt er, »wovon redest du?«

»Von Lia.« Ich klinge verzweifelter, als ich will. »Von dem Mädchen, das seit einem Monat neben mir sitzt. Das Sie selbst vorgestellt haben. Erinnern Sie sich nicht? Sie kommt nicht von hier, haben Sie gesagt.«

Unser Lehrer sieht mich an, als hätte ich den Verstand verloren. »Muss ich mir Sorgen um dich machen, Jonah? Ist bei dir zu Hause alles in Ordnung?« Er sieht mich prüfend an. »Du kannst mit mir über alles reden, das weißt du, hm?«

»Mir geht's gut«, sage ich und spüre einen Kloß im Hals. »Ich mache mir nur Sorgen um Lia, das ist alles.«

Er nimmt seine Brille ab. Betrachtet mich eingehend. Dann sagt er langsam und eindringlich, wie zu einem Kind: »Neben dir sitzt niemand, Jonah Schlosser. Du bist der Einzige, der eine ganze Bank für sich allein hat. Das war immer so, und das ist auch jetzt so. Aber das weißt du selbst am besten, hm?«

21

»HAST DU WAS VON LIA GEHÖRT?«

»Wisst ihr, was mit Lia ist?«

»Na, die Neue, das Mädchen neben mir, das immer ein bisschen fledderige Sachen anhat. Schwarze Haare, blaue Augen.«

»Willst du uns verarschen, Träumer?«

»Das Mädchen gibt es nur in deiner Fantasie.«

»Schlos-ser sieht Ge-spens-ter!«

»Deine persönliche Traumfrau, oder was? Süß, Träumchen. Echt süß.«

22

IN DER KLASSENLISTE muss sie stehen. Irgendwelche Noten. Bemerkungen über sie. Wenigstens ihre Anwesenheit wird ja wohl erfasst worden sein.

Er soll mir die Liste zeigen, sage ich zu Herrn Doktor Freitag. Meine Stimme zittert. Meine Hände sind zu Fäusten verkrampft. In meinem Bauch tobt etwas.

Er fragt noch einmal, ob es mir gut geht.

»Bitte«, sage ich und beiße die Zähne aufeinander. »Es ist wichtig.«

Wieder blickt er mich prüfend an. Was er sieht, scheint ihm nicht zu gefallen. Er wirkt ernsthaft erschrocken und schaut auf den Monitor vor sich.

»Gut«, sagt er und wischt über den Bildschirm. »Komm her.«

Er öffnet ein paar Fenster.

Dann zeigt er mir die Liste.

23

WENN DU IMMER schon gedacht hast, etwas stimmt nicht. Irgendwas ist komisch. Entweder mit dir oder mit der Welt, eins von beidem passt nicht zum anderen. Wenn sich alles falsch oder unwirklich anfühlt, aber deine Umgebung spiegelt dir jeden Tag, dass alles in Ordnung ist. Wenn du dich längst damit abgefunden hast, dass du das Problem bist und nicht die Welt. Und wenn dann jemand kommt und sagt, hey, du hast übrigens recht, dein komisches Gefühl hat dich nicht getäuscht. Aber nicht du bist falsch, sondern der ganze Rest. Und die Person, die das sagt, ist nicht irgendwer, sondern jemand, von dem du schon beim ersten Blick gedacht hast: Ach. Du. Zum ersten Mal fühlt sich alles richtig an, zum ersten Mal ergibt alles Sinn. Und dann verschwindet dieser Jemand, von einem Tag auf den anderen. Und die Welt, die dir immer fremd war, die du gerade bereit warst ernsthaft infrage zu stellen, will dir plötzlich weismachen, es hätte diesen Menschen nie gegeben.

Wem glaubst du dann? Dir selbst oder dem ganzen Rest?

Wenn also die Welt, die du bisher für die einzig echte gehalten hast, den einzigen Menschen verleugnet, der dir je etwas bedeutet hat: Ist das ein Beweis für die Nichtexistenz der Welt oder ein Beweis dafür, dass du langsam den Verstand verlierst?

Und schließlich: Wenn du in deiner Hosentasche einen Zettel mit einer Wegbeschreibung findest, und du weißt ganz sicher, eigentlich hat Lia ihn sich in ihre Hosentasche gesteckt. Für was ist das dann ein Beweis?

II
DER WALD

24

DAS GEFÜHL, nicht mehr atmen, sich nie wieder bewegen zu können. Aus voller Fahrt plötzlich auf null gebremst worden zu sein.

Alles hatte gerade angefangen, Sinn zu ergeben, du hast dich zum ersten Mal lebendig gefühlt, und jetzt willst du deinen Kopf so lange gegen die Wand schlagen, bis es aufhört.

Aber es hört nicht auf.

Du wünschst dir sogar, dass sie recht haben, dass es Lia wirklich nie gegeben hat, damit die schlimmsten, die unerträglichsten Gedanken nicht mehr in dir sind: Wo ist sie, was passiert mit ihr, was stellen sie mit ihr an, jetzt und jetzt und jetzt, ist es längst zu spät? Ist sie zum See gegangen, hat der See sie verschluckt wie all die anderen?

Du stellst dir vor, was du mit ihnen machst, wenn du sie erwischst. Dass du sie in Stücke reißt, mit bloßen Händen, um wenigstens währenddessen etwas wie Frieden zu spüren. Mit einer plötzlichen, überwältigenden Klarheit weißt du, dass du zu allem fähig bist. Dein ganzes bisheriges Leben hast du wie hinter Schleiern gelebt, in einem Irgendwie, einem Vielleicht, verwischt und gedämpft durch Schichten, Pillen, Kaffee. Doch jetzt wüten Hass und Liebe und Schmerz in dir, und du bist zum Stillhalten verdammt. Zum Zuschauen. Eine Rolle, die du dein Leben lang hattest. Freiwillig. Aber jetzt die Ohnmacht auszuhalten, jetzt auszuhalten, keinen Anhaltspunkt zu haben, das ist das Schlimmste.

Du kannst mit niemandem über Lia sprechen, weil dich alle für verrückt halten. Du kannst niemanden als vermisst melden, den es offiziell nicht gibt. Du hast nicht den geringsten Beweis für ihre Existenz. Du weißt nicht, wo sie wohnt, wie sie heißt, woher sie kommt. Du weißt nicht einmal, welche ihrer Geschichten stimmt. Ob überhaupt eine davon stimmt.

Jemand muss sie gesehen haben. Es kann nicht sein, dass sie während der ganzen Zeit keine Spuren hinterlassen hat.

Vielleicht wurden die Spuren gelöscht. Vielleicht war *sie* der Zwischenfall in der Schule. Vielleicht ist sie deswegen entfernt worden, aus den Listen und Archiven. Vielleicht darf deshalb niemand an der Schule über sie sprechen, vielleicht weiß jeder über den Vorfall Bescheid, nur du nicht. Weil du mit ihr zu tun hattest. Weil du da mit drinhängst. Als ihr Komplize.

Das ist keine besonders wahrscheinliche Erklärung, aber es ist eine Erklärung. Und du schnappst nach jeder nur möglichen Erklärung, hältst dich gierig daran fest, weil Erklärungen die einzige Möglichkeit sind, dich selbst nicht für verrückt zu halten.

Reiß dich zusammen, denke ich. Jede Sekunde, in der du nichts tust, ist eine Sekunde zu viel. Aber wo anfangen, wenn es absolut keinen Hinweis gibt?

Den halben Tag bin ich ziellos durch die Siedlung gelaufen, um diese lähmende Ohnmacht nicht zu spüren. Weil es sich erträglicher anfühlt, in Bewegung zu bleiben. Und weil ich hoffe, sie zufällig irgendwo zu sehen.

Was aber, wenn sie mich gleichzeitig sucht, in der Schule, zu Hause? Wenn sie mich sucht, während ich wie ein Idiot durch die Gegend renne?

Und dann sehe ich es. Direkt vor mir. Ich frage mich, wie ich so dumm sein konnte. Wie ich denken konnte, es gäbe keine Spuren von ihr, obwohl wir doch gemeinsam herausgefunden haben, dass wir in jeder Sekunde Spuren hinterlassen. Dass sie alles sehen. Ich muss den Spieß nur umdrehen. Die Botschaften der CoffeeCompany zurückverfolgen, bis sie mich zu Lia führen.

Wenn die Monitore wirklich so etwas wie Seelenfotos machen, wenn die Botschaften wirklich auf innere Zustände reagieren, dann muss ich diese Botschaften nur genau lesen, um Rückschlüsse auf das ziehen zu können, was mit ihr passiert ist. Wenn die Scanner gut sind, erkennen sie nicht nur meinen Schmerz über Lias Verschwinden, sondern auch meine Hoffnung, sie wiederfinden zu können – und meine Absicht, die Botschaften dafür zu nutzen. Wenn die Scanner sehr gut sind, berechnen sie das in ihre Botschaften mit ein und führen mich absichtlich in die Irre. Doch was, wenn ich die Botschaften gleich so lese, als wollten sie mir einen Schritt voraus sein? Bin ich ihnen dann einen Schritt voraus?

Mit etwas Glück führen mich die Botschaften direkt ins Herz der CoffeeCompany. Mit weniger Glück schraube ich mich mit dem ganzen Rumgedeute nur tiefer in sinnlose Gedankenspiralen und lande am Ende bei den Verrückten.

Niemand schafft allein, was Hilfe dir verschafft, lese ich auf einem Bildschirm. Und zwei Straßen weiter: *Nimm Hilfe an, und du hilfst dir selbst*. Beide Sprüche verstehe ich als relativ klare Hinweise darauf, meine Pillen wieder zu nehmen.

Wissen sie, dass ich den Kaffee nicht mehr trinke? Können sie das irgendwie sehen? Ist in dem Kaffee etwas enthalten, das uns lesbarer macht, durchsichtiger? Und wenn ich den Kaffee nicht mehr trinke, wenn ich ihre Pillen nicht mehr nehme und nicht mehr beim MorningCall bin: Verlieren sie dadurch den Zugriff auf mich?

Nächster Bildschirm. *Deine Sehnsucht wird dich leiten*. Ein typischer Orakelspruch, der alles bedeuten kann: Die Hoffnung der CoffeeCompany, ich werde schon wieder auf den rechten Weg finden. Ihre Gewissheit, dass ich früher oder später sowieso meine

Pillen wieder brauchen werde. Ein höhnischer Kommentar zu meiner Hoffnung, Lia wiederzufinden. Oder Ausdruck einer beginnenden Hilflosigkeit, ein verzweifeltes Mit-Sprüchen-um-sich-Schlagen, bevor ich ihnen vollends entgleite.

Ich sehe mich um. Gehe in eine Seitenstraße, in der kein Mensch ist und an deren Ende ein mittelgroßer Monitor steht. Langsam, damit ihnen genug Zeit bleibt, mich in meiner gesamten Tiefe zu erfassen, gehe ich darauf zu. Über einen Zaun hinweg schnappe ich mir einen vergessenen Ball vom Rasen, lasse ihn einmal aufprallen und fange ihn wieder. Gemächlich schlendere ich auf den Bildschirm zu.

Dein Schmerz ist nicht von Dauer.

Worauf ihr Gift nehmen könnt, denke ich und lasse, als ich vielleicht noch drei Meter entfernt bin, den Ball noch einmal aufspringen, um ihn dann mit voller Wucht gegen den Bildschirm zu schießen.

Wow, denke ich. Schade, dass Jens Ramme das nicht gesehen hat.

Das kurze Flackern. Der Umriss meines Körpers. Die Schichten. Alles wie bei Lia. Aber da ist noch etwas, dahinter. Unscharf und schemenhaft, nur für den Bruchteil einer Sekunde zu erahnen. Aber es reicht, um mich erstarren zu lassen.

Lia und ich am Karussell.

Wie ist die CoffeeCompany an dieses Bild gekommen? Weit und breit war nichts zu sehen, ich habe auf alles geachtet. Es sei denn, im Karussell selbst war etwas versteckt. Hinter den Augen der Tiere, in einem der Lämpchen. Klar, im Karussell gab es genug Möglichkeiten. Aber wozu Kameras an einem Ort installieren, der seit Urzeiten verwaist ist?

Sofort hinterfrage ich das, was ich gesehen habe. Halte es für ein Hirngespinst, Ausdruck meiner verzweifelten Hoffnung. Aber wenn das wirklich ein Bild von Lia und mir war, weiß die Coffee-

Company, was wir vorhaben. Dann ist Lia in ihrer Gewalt. Und ich bin der Nächste.

Liebe öffnet alle Türen, Neugier verschließt sie, erscheint auf dem Bildschirm, und ich spüre einen Kitzel, den ich noch nicht kenne. Es ist keine Angst, eher das Gefühl, als hätte in diesem Moment etwas Neues begonnen. Ich muss nur noch darauf warten, dass die CoffeeCompany mich findet. Dass sie mich mitnimmt und zu Lia bringt.

25

AM NÄCHSTEN TAG gehe ich wieder in die Schule. Mir sei nicht gut gewesen, sage ich zu Herrn Doktor Freitag. »Sie hatten recht. Ich musste wohl ein paar Dinge für mich ordnen.«

Dazu lächele ich schuldbewusst und beobachte seine Reaktion. Wenn wirklich alle außer mir Bescheid wissen, muss ihn dieses Eingeständnis verstören. Aber er wirkt im Gegenteil zufrieden, eine Erklärung für meine Verwirrtheit gefunden zu haben.

»Na, dann hoffen wir mal, dass jetzt alles wieder in Ordnung ist, hm, Jonah?«

Ich möchte ihm sein väterliches Klugscheißergrinsen aus dem Gesicht wischen, sage aber natürlich nur: »Danke, Herr Doktor Freitag.« Und dann setze ich mich auf meinen Platz und spreche mit niemandem mehr über Lia.

Um keinen Verdacht zu erregen, gehe ich in der großen Pause wie immer zur Kaffeeausgabe. Ich lasse mir eine Tasse befüllen, kippe die Schlucke aber heimlich draußen entlang meines Weges aus. Lia hatte recht, es passiert überhaupt nichts, wenn man Leitungswasser trinkt. Hat man sich einmal daran gewöhnt, schmeckt es sogar besser als der Kaffee. Das Wasser zu trinken und meine Pillen nicht mehr zu nehmen ist wie ein geheimes Ritual, eine Verschwörung zwischen Lia und mir. Mit jedem Schluck Wasser fühle ich mich ihr näher. Jede Tasse Kaffee, die ich nicht trinke, jede Pille, die ich nicht nehme, ist eine Entscheidung gegen die Welt, die Lia verleugnet.

Natürlich habe ich schon wieder einen neuen Termin zum HealthCheck bekommen. Ich habe ihn genauso ignoriert wie das Geschenk, das dabeilag.

Auf dem Rückweg von der Schule frage ich mich, wann ich als Lias Komplize endlich gefährlich genug bin, um gefangen genommen und dahin gebracht zu werden, wo auch sie ist.

Ganz langsam gehe ich auf die Bildschirme zu.

Was du heute kannst besorgen, das verschiebe nicht auf morgen.

Liebe ist überall, wo du sie suchst.

Folge der Spur deines Herzens, und du bleibst stets auf dem rechten Weg.

Entweder werden die Botschaften allmählich derart subtil, dass die CoffeeCompany mir wirklich einige Schritte voraus ist, oder die Sprüche sind so beliebig, wie sie auf den ersten Blick scheinen. Was bedeuten würde, dass die CoffeeCompany schleichend den Zugriff auf mich verliert. Dass die Kombination aus Kaffee und Pillen wirklich eine Art Kontrastmittel ist, um möglichst klare Seelenbilder zu erhalten.

Wenn ich Pech habe, werde ich für die CoffeeCompany langsam unsichtbar und nehme ihr damit die Chance, mich zu fassen. Aber wie konnten sie dann Lia finden, die weder Kaffee trinkt noch Pillen nimmt? Ist sie doch eine Bewohnerin der Siedlung, die aus Spaß Lügengeschichten erfindet? Oder hat die CoffeeCompany noch andere Möglichkeiten, uns zu orten?

Was, wenn Lia gar nicht entführt wurde, sondern einen Unfall hatte oder weggelaufen ist und sich irgendwo versteckt hält, um meine Reaktion zu testen?

Vielleicht suche ich nur verzweifelt nach immer abseitigeren Erklärungen, um an die schlimmste und gleichzeitig naheliegendste Möglichkeit nicht denken zu müssen: dass sich Jonah Traumschlosser seine Freundin nur eingebildet hat, um nicht allein zu sein. Dass sich sein krankes Hirn auch das vermeintliche Karussellfoto aus den unscharfen Schemen eines flackernden Leuchtkastens bloß zusammenfantasiert hat.

Ich taste in meiner Hosentasche nach der Wegbeschreibung. Ziehe den Zettel hervor, falte ihn auseinander. Zwei Strichmännchen mit einem Herz drum herum.

Glaub an die richtigen Sachen, hat sie gesagt. Und mich dann geküsst.

26

MIT EINEM HOLZSCHEIT raspele ich Pailletten von der Säule. Zerschlage Lämpchen, hacke die Augen von Pferden, Schwänen, Feen aus, von Flaschengeistern.

Nichts.

Ich lege mich flach auf den Boden, um zu sehen, ob unter der Karussellscheibe Kabel verlaufen, trete wahllos gegen Holz, lausche dem Klang. Nichts. Überhaupt nichts Verdächtiges.

Wie haben sie dieses Foto gemacht?

Ich lehne mich gegen das weiße Pferd, bei dem wir gestanden haben. Unter meinen Sohlen knirschen Scherben, Splitter, Holzspäne. Ich fahre mit der Hand über den Sattel, rieche am Holz, an den Stellen, wo der Lack abgeplatzt ist, in der Hoffnung, irgendwo eine Spur von ihr zu finden, einen Beweis dafür, dass sie wirklich hier war, dass ich nicht verrückt geworden bin. Wenn ich nur einen Gedanken daran verschwende, dass ich diese Strichmännchen selbst gezeichnet und ein Herz darum gemalt haben könnte, kann ich gleich aufgeben.

Also: Wie haben sie das Foto gemacht?

Durch die Löcher in der Plane sehe ich in Richtung Wald. Sollen sie doch kommen. Sollen sie endlich kommen und mich holen. Lia ist weg, etwas Schlimmeres kann nicht mehr passieren.

Es ist noch hell, ich kann bis zur zweiten Baumreihe sehen. Keine Spur von irgendwelchen Waldbewohnern.

Was, wenn es die Verrückten gar nicht gibt? Wenn sie genauso eine Lüge sind wie das Wasser, das man angeblich nicht trinken darf? Ich habe große Lust, das herauszufinden. Etwas Dummes zu tun, egal was. Alles besser, als darauf zu warten, dass etwas geschieht.

Ich will mich gerade aufmachen, um in den Wald zu gehen, als ich hinter mir ein Geräusch höre, ein Knirschen, ein Kratzen.

Lia, denke ich und fahre herum.

Eine Gestalt streift um das Karussell. Ich erkenne sie nicht, durch die Löcher sehe ich immer nur Ausschnitte. Dunkle Kleidung, grober Stoff.

Das ist nicht Lia. Die Gestalt ist größer, bewegt sich anders.

Gut, denke ich. Dann holen sie mich jetzt.

Ich schließe die Augen. Ich kann nur hoffen, dass es schnell geht, dass ich bald bei ihr bin.

»Hey! Pst! Junge!«

Wieder das Knirschen. Eine Hand greift durch ein Loch in der Plane, dann sehe ich ein Gesicht.

»Hey, Junge! Keine Angst!«

Ich muss lachen. Die Hand hebt die Plane an, die Gestalt schiebt sich ins Innere, steht mir gegenüber.

»Warum lachst du«, fragt der Mann. »Sehe ich so lustig aus?«

Er ist etwa in Herrn Doktor Freitags Alter, aber er hat ein viel freundlicheres Gesicht und sieht wirklich ein bisschen lustig aus. Seine Haut ist stark gebräunt, er hat schulterlanges, fast weißes Haar, einen ebenso weißen Bart und Falten, die aussehen, als hätte er in seinem Leben schon viel gelitten und viel gelacht.

»Nein«, sage ich. »Es ist nur so, dass ich eigentlich immer Angst habe. Immer, nur jetzt nicht. Und dann kommen Sie und sagen, keine Angst.«

»Verstehe.« Er zwinkert mir unter seinen buschigen Brauen zu. Nicht auf so eine peinlich anbiedernde Art, irgendwie cooler. »Aber hör sofort auf mit dem Sie. Ich bin Krons.«

»Jonah«, sage ich. »Ist das ein Name, Krons? Ich meine: Ist das ein Vorname?«

»Oh.« Er lacht. »Nein. Das ist kein Vorname. Das ist mein Name. Alle nennen mich so. Ich bin Krons. Schon immer gewesen. Jonah – Krons, Krons – Jonah. Sehr angenehm.«

Er zwinkert wieder, ich sage »okay« und zucke mit den Schultern. »Und jetzt?«

»Wie meinst du das, und jetzt?«

»Na, kommen Sie ... kommst du nicht, um mich zu holen?«

»Na ja«, er streicht sich über den Bart, »kommt ganz drauf an, wo du hinwillst.«

Zu Lia, will ich sagen, halte mich aber im letzten Moment zurück.

»Bist du nicht von der CoffeeCompany?«, frage ich und merke sofort, wie absurd das ist. Jemand wie Krons passt eher zu den Verrückten als zur CoffeeCompany.

»Nein«, lacht er. »Bin ich nicht. Und du?«

»Auch nicht.«

»Dann wäre ja wohl schon fast alles geklärt zwischen uns, oder?«

»Weiß nicht.« Ich starre auf meine Schuhspitzen. »Was machen ... also: Was machst du hier? Ich meine, hier ist nie jemand, es gibt hier nichts, außer ...«

»... einem kaputten Karussell und einem neugierigen Jungen? Der sich übrigens selbst hier herumtreibt, obwohl es nichts zu sehen gibt?«

»Ja«, sage ich, weil mir gerade nichts Klügeres einfällt.

Wir schweigen eine Weile.

Er scharrt durch die Splitter, mit Sandalen, die wie selbst gemacht aussehen. »Warst du das?«, fragt er, und erst da wird mir klar, was er von mir denken muss.

Ich lege das Holzscheit auf den Sitz eines Feuerwehrautos. »Bist du eine Art Aufseher oder so?«

Er lacht wieder sein Lachen, das nichts Hämisches, nichts Überhebliches hat. »Für diese Kirmes, die keine mehr ist, die keiner besucht und die niemanden interessiert? Nein, Junge, ich glaube nicht, dass ich ein Aufseher bin.«

»Was bist du dann?«

»Ich bin Krons. Ich habe Geräusche gehört und dachte, ich sehe mal nach, wer hier alles kurz und klein schlägt.«

»Und? Hast du dir diesen Jemand so vorgestellt?«

Er streicht noch einmal über seinen Bart. »Du siehst in der Tat erstaunlich schmächtig aus für den Lärm, den du gemacht hast. Und auch sonst wirkst du nicht gerade wie einer, der gern Dinge kaputt schlägt.«

Er kommt zwei Schritte auf mich zu und legt den Kopf schief.

»Also, was ist mit dir? Probleme in der Schule? Mit deinen Eltern? Ein Mädchen?«

Ich weiß nicht, ob ihn das was angeht. Aber weil ich sowieso nichts zu verlieren habe, sage ich ihm die Wahrheit.

»Ein Mädchen«, sage ich. »Sie ist weg.«

Er lehnt sich neben mich an das Pferd, wie Lia vor wenigen Tagen.

»Und jetzt weißt du nicht, was du mit dem Rest deines Lebens anfangen sollst? Willkommen im Club.«

Er riecht nach Wald, nach Erde und nach Holz. Und nach etwas Scharfem, leicht Saurem. Schweiß vielleicht.

»Nein«, sage ich, »sie hat mich nicht verlassen oder so. Sie ist wirklich weg. Also verschwunden. Von einem Tag auf den anderen. Diese Art von weg.«

»Und du glaubst, sie könnte sich in den Karussellfiguren versteckt halten?«

Na klar. Noch einer, der sich über mich lustig macht.

»Okay«, sage ich und drücke mich von dem Pferd ab, »ich muss dann auch weiter.«

»Nicht so schnell.« Er fasst mich am Arm. »Wir fangen doch gerade erst an, Freunde zu werden, oder?«

Wäre das hier ein Film, würde ich dem Typen raten, spätestens jetzt zu rennen, so schnell er kann. Wäre das hier ein Film, wäre das der Moment, in dem der vermeintlich freundliche ältere Herr sein wahres Gesicht zeigt. Da ich aber nichts mehr zu verlieren habe, sehe ich ihn nur mit einem Echt-jetzt?-Blick an und ziehe die Brauen zusammen.

Er lässt mich los. Hält seine flachen Hände vor sich, als wollte er einem Schiedsrichter signalisieren, dass da nichts war, kein Foul.

»Entschuldige«, sagt er. »Ich will nur verstehen, was du hier machst.«

Ich sehe ihn an. Lasse mich langsam wieder neben ihn sinken.

»Sie sind wirklich nicht von der CoffeeCompany, oder?«

»Nein«, sagt er. »Und bitte bleib beim Du, ich fühle mich sonst älter, als ich bin.«

Für mein Empfinden sieht er schon ziemlich alt aus, auch wenn er junge Augen hat.

»Also gut. Die Wahrheit ist, dass ich sehen wollte, ob hier irgendwelche Kameras sind. Es ist nämlich so, dass ich sie hier das letzte Mal gesehen habe, und ich vermute, ihr Verschwinden hat etwas mit dem zu tun, worüber wir geredet haben.«

»Und worüber habt ihr geredet?«

Ich zögere.

»Keine Angst«, sagt er. »Du hast doch gerade rausgefunden, dass hier keine Kameras sind, oder? Keine Kameras, keine Mikrofone.«

»Es muss aber etwas geben.«

Ich erzähle ihm von dem Foto. Von Lia und von dem, was wir rausgefunden haben. Davon, dass alle jetzt sagen, es hätte sie nie gegeben. Ich merke, dass es mir guttut, unsere Geschichte zu erzählen. Sie einem völlig Fremden zu erzählen, als sagte ich sie mir selbst noch einmal vor, um mir zu bestätigen, dass alles wirklich so passiert ist, dass der ganze letzte Monat keine Einbildung war.

»Und was hast du jetzt vor?«, fragt Krons.

»Ich wollte sie überlisten«, sage ich. »Die Botschaften der CoffeeCompany gegen sie wenden. Aber dann kam nichts mehr. Vollkommen beliebige Sprüche. Und jetzt weiß ich nicht, was ich tun soll.« Ich höre auf zu reden, damit er nicht mitkriegt, dass ich einen Kloß im Hals habe.

»Du magst das Mädchen sehr, oder?«

Ich nicke.

»Obwohl sie dich vielleicht angelogen hat, die ganze Zeit?«

Ich zucke mit den Schultern.

»Fühlt es sich an, als hätte sie dich angelogen? Vertraust du ihr?«

Ich überlege. Lia hat zwar gesagt, sie lügt ständig, aber es ist wirklich, wie Krons sagt: Sie hat mir viel verschwiegen, sie hat auch viel Unsinn erzählt, aber ich habe mich nie von ihr belogen gefühlt, nicht bei wichtigen Dingen. Ich hatte eher das Gefühl, sie lügt aus Langeweile, um sich selbst bei Laune zu halten, wenn sie Sachen gefragt wird, die für sie nicht von Bedeutung sind. Woher sie kommt, wo sie wohnt, wie ihr Leben bisher war. Diese Sachen.

»Okay, Jonah. Ich will dir was sagen. Ich glaube dir«, sagt Krons und macht eine Pause. »Willst du wissen, warum?«

Ich warte.

»Ich glaube dir, weil ich euch zusammen gesehen habe.«

Ich schaue ihn an, kann das nicht glauben.

»Was?«

»Ich habe euch zusammen gesehen«, wiederholt er, »genau hier.«

Seine Augen funkeln, ich weiß nicht, ob begeistert oder irre. Seine Kleidung, das fällt mir jetzt erst auf, besteht wirklich aus Sackleinen oder so was.

Ich weiß nicht, wie ich so dumm sein konnte.

»Du bist einer von ihnen«, sage ich und weiche automatisch ein Stück zurück.

Krons schweigt eine Weile, dann sagt er: »Und jetzt denkst du natürlich, du kannst mir nicht trauen. Schließlich bin ich einer von den Spinnern.«

»Ehrlich gesagt habe ich das gerade gedacht, ja.«

Ich weiß nicht, was ich schlimmer finde: Dass ich mit einem spreche, vor dem ich immer gewarnt worden bin, oder dass diese kurz aufflackernde Hoffnung, es könnte doch einen Beweis für Lias Existenz geben, sofort wieder erloschen ist.

Wenn euch einer von ihnen begegnet, lasst euch auf kein Gespräch ein, hat uns Herr Doktor Freitag immer wieder eingetrichtert. Die Verrückten legen es darauf an, euch um den Finger zu wickeln, euch Geheimnisse zu entlocken. Weil sie wieder Teil der Siedlung sein wollen. Sie werden euch Lügen erzählen, damit ihr ihnen Dinge verratet, die sie nutzen können.

»Krons«, sage ich. »Ich habe dir vorhin erzählt, dass ich sie hier zum letzten Mal getroffen habe. Woher weiß ich, dass du uns wirklich gesehen hast?«

Es dämmert bereits. Der Wald kommt mir näher vor. Als wären seine Schemen unbemerkt auf uns zu gerückt.

»Tja.« Krons nickt. »Schätze, jetzt hast du mich.«

Wusste ich's doch.

Krons zieht Luft ein, dann dreht er den Kopf, sieht mich an und sagt: »Gold. Sie hat zwei kleine goldene Einschlüsse in der linken Iris.«

Ich starre ihn an.

»Zufrieden?«

Ich spüre, wie etwas in mir aufsteigt. Mein Kiefer zittert so sehr, dass meine Zähne aufeinanderschlagen.

»Was haben Sie mit ihr gemacht.« Ich bringe nicht mehr heraus als ein Krächzen. »Was haben Sie ihr angetan.«

Der Schlag kommt aus dem Nichts und reißt mir den Kopf herum.

Dann ist alles schwarz.

27

ICH ERWACHE IN FINSTERNIS. Über mir strahlt ein eisiger Mond, unter mir drückt etwas kalt gegen meine Wirbel.

Langsam versuche ich, mich aufzurichten. Mein Nacken schmerzt, mein Kiefer, mein Kopf.

Dann fällt es mir wieder ein. Das Karussell. Krons. Lia.

Ich bin im Wald, irgendwo im Wald. Um mich ist Nacht, ich liege auf harter Erde. Krons hat mich geschlagen, ich muss bewusstlos geworden sein, er hat mich hierhergeschleppt.

Krons ist von der CoffeeCompany, schießt es mir durch den Kopf. Er hat mich angelogen. Hat erst mein Vertrauen gewonnen, und sobald ich ihm alles erzählt hatte, wusste er Bescheid, dass er den Richtigen erwischt hat. Wie konnte ich nur so blind sein? Traumschlosser im Liebeswahn, glaubt alles und jedem.

Aber wenn Krons von der CoffeeCompany ist, warum bin ich dann nicht mal gefesselt? Warum hat er mich in den Wald gebracht und einfach irgendwo liegen lassen? Wie soll mich dieser schmächtige Kerl überhaupt so weit getragen haben?

Ich warte, bis sich meine Augen an die Dunkelheit gewöhnt haben, dann richte ich mich auf und sehe mich um. In einiger Entfernung bin ich umringt von dunklen Schemen.

Das sind keine Bäume.

Das sind keine Menschen.

Das sind Häuser. Kleine Hütten.

Bin ich bei den Verrückten? Ist das die Methode der Coffee-

Company, unbequem gewordene Siedlungsbewohner unschädlich zu machen? Sie zu den Verrückten zu bringen und ihnen damit die Glaubwürdigkeit zu entziehen? Das wäre zumindest eine elegante Methode, sie loszuwerden, ohne ihnen ein Haar zu krümmen: ihnen einfach ein neues Etikett aufzukleben.

Ich stehe auf, gehe in Richtung der Hütten.

Ist Lia hier irgendwo?

Ich komme näher. Und plötzlich sehe ich, was das ist. Das sind keine selbst gebauten Häuschen, das sind Buden, wie man sie auf Jahrmärkten findet. Kassenhäuschen für Fahrgeschäfte, ehemalige Schieß- und Losbuden.

»Hallo?«, rufe ich, aber meine Stimme klingt so verloren, dass ich kein zweites Mal rufe.

Ich bleibe stehen. Außer dem Knarzen schwerer Stämme in der Ferne und dem leichten Rascheln von Blättern ist nichts zu hören.

Vorsichtig gehe ich weiter auf eine der Buden zu. Ich kann die Schrift nicht erkennen, aber als ich nah genug bin, sehe ich Schemen im Inneren. Ich öffne eine Klappe an der Seite, die mir nur bis zum Bauch reicht, und trete ein.

Es knirscht unter den Sohlen, ich gehe auf die Schemen zu, strecke die Hand aus. Das sind Teddybären. Große, schon etwas gammelig gewordene Stofftiere, halb aus den morsch gewordenen Regalen gerutscht, eine Ansammlung von Armen, Beinen, matt im Mondlicht schimmernden Augen.

Ich will raus, mir die anderen Buden ansehen, als mein Fuß gegen etwas Schepperndes tritt. Ich beuge mich runter, hebe es auf. Eine Blechdose, verrostet, ohne Deckel, ohne Etikett.

Warum stehen diese Buden mitten im Wald, weit weg von den Überresten der anderen Fahrgeschäfte? War der Vergnügungspark wirklich so groß? Oder haben die Verrückten die Hütten in den Wald geschafft, um darin zu wohnen?

Ich lasse die Dose fallen. Ein leises, metallisches Geräusch.

Mit der Schuhspitze scharre ich den Boden frei, beuge mich hinab, schlage die Dose gegen den Grund.

Eisen.

Eine Luke?

Ich suche ein Schloss, einen Ring, ein Seil, mit dem ich die Platte anheben kann. Nichts.

Ich rufe nach Lia, schreie ihren Namen so laut, dass mein Körper den Klang mit jeder Faser aufnimmt. Die Buden ringsum sehen aus, als hätte sie jemand aus einer anderen Zeit hierhergewürfelt, sie stehen und starren mich aus hohlen Augen an.

Ich rufe noch mal nach Lia, bis ihr Name mich ganz erfüllt. In dem abklingenden Echo nehme ich plötzlich denselben hohen, gleichmäßigen Ton wahr wie damals bei meinem ersten Mal im Wald.

Auf einmal ist die Angst wieder da. Auf einmal wird mir klar, dass ich bewusstlos geschlagen und verschleppt worden bin. Dass ich nicht weiß, wie tief im Wald ich eigentlich bin. Dass ich bei Vollmond zwischen unheimlichen alten Jahrmarktbuden mit geheimen Falltüren herumirre wie in einem Horrorfilm.

Ich versuche, meinen Atem zu beruhigen.

Warum lässt Krons mich einfach hier liegen? Wenn er wirklich zur CoffeeCompany gehört, muss er sicher sein, dass ich nicht alleine aus dem Wald finde. Oder es zumindest nicht zurück in die Siedlung schaffe.

Gibt es unter der Eisenplatte einen geheimen Raum, in den die CoffeeCompany ihre Gefangenen sperrt?

Ich verlasse die Bude und drehe mich. Versuche zu erspüren, in welcher Richtung die Siedlung liegt. Ich weiß, wie bescheuert das ist. Aber die ganze Nacht hierzubleiben und auf die Morgendämmerung zu warten halte ich nicht aus. Also laufe ich los, in die Richtung, die sich aus irgendeinem Grund am besten anfühlt, irre durch die Finsternis, in der Hoffnung, mich zufällig auf die Siedlung zuzubewegen. Je länger ich gehe, desto unempfindlicher werde ich gegen den Ton, der konstant da ist, aber meine Wahrnehmung wird zunehmend taub dagegen.

Hatte ich nicht am Abend noch geglaubt, ich kann keine Angst mehr haben, weil das Schlimmste schon passiert ist? Noch während ich das denke, umhüllt mich eine dunkle, kalte Wolke. Ich höre meinen Atem, meine scharrenden Schritte, hetze wie ein Tier durch die Ewigkeit dieses Waldes, der über mich zu lächeln, mich auszulachen scheint. Ich stolpere über Wurzeln, verfange mich an Dornen und Ranken, und sofort ist sie wieder da, die Angst, in einer Welt zu leben, die mir immer fremd bleiben wird.

Lia kommt aus meiner Welt. Nein, vielleicht *ist* sie meine Welt, die einzige jedenfalls, in der ich sein will.

Ich muss zu ihr zurück. Muss sie finden, was immer das bedeutet. Glaub an die richtigen Sachen, hat sie gesagt. Und vielleicht glaube ich wirklich zum ersten Mal an etwas. Nicht an mich. Aber an jemanden, mit dem zusammen ich nicht von dieser Welt sein kann. Mit dem es sich gut anfühlt, hoch oben und gleichzeitig tief unten zu sein. Weg von allem und trotzdem ...

Ein Blitz aus dem Nichts, ein Schrei in der Finsternis. Schepperndes Lachen, grellgrün blitzendes Licht.

Ich presse die Augenlider zusammen. Vergesse zu atmen. Das also ist das Ende, denke ich. So fühlt es sich an. Das ist das Ende, und natürlich verlasse ich diese Welt begleitet von Häme und Spott.

Hässliches, blechernes Lachen. Wie aus einem Lautsprecher.

Ich halte mir die Ohren zu, öffne die Augen.

Da ist wirklich eine Hexe. Mit einer riesigen Hakennase und einer Warze darauf. Sie hält einen abgetrennten Kopf in der Hand und lacht ihr peinliches Hexenlachen.

Die Hexe ist aus Plastik. Eine Geisterbahnfigur.

Ich trete einen Schritt zurück. Das Lachen erstirbt, das Licht geht aus. Mir ist schwindelig und ein bisschen schlecht. Meine Knie sind weich. Ich sehe noch weniger als vorher.

Langsam gehe ich wieder in Richtung der Hexe. Als das Lachen wieder losscheppert, sehe ich mich um: Der Wald hier steht voll von diesen Figuren. Das sind keine zufällig rumstehenden Überreste längst vergessener Zeiten, das ist ein Horror-Märchenwald, den jemand extra zwischen den Bäumen inszeniert hat. Aber wozu? Wer macht sich die Mühe, in einem Wald, den niemand freiwillig betreten würde, ein Panoptikum aus furchterregenden Gestalten zu errichten und jede davon mit Strom und einem Sensor zu verbinden?

Ich gehe in Richtung der nächsten Figur. Ein Pirat mit Krummsäbel. Sobald ich vor ihm stehe, derselbe Effekt: grell blitzendes Rot aus dem Auge ohne Klappe. Höhnisches Gelächter.

Wen will man damit in die Flucht schlagen? Schon beim zweiten Mal nutzt sich die Wirkung ab, beim dritten Mal wird es lächerlich.

Wenn jemand die Figuren wirklich zur Abschreckung dorthin gestellt hat, sollen sie Leute aus der Siedlung vom Wald fernhalten. Oder Gestalten aus dem Wald von der Siedlung. Das heißt, ich muss ihnen nur folgen und gelange automatisch an den Waldrand.

Einen Versuch ist es wert. Ich laufe von Hexe zu Pirat, von Skelett zu Menschenfresser, von Zombie zu Frankensteins Monster. Und da fällt mir eine viel naheliegendere Funktion ein: Was, wenn die Figuren eine Alarmanlage sind, die Fluchtversuche verraten soll?

Eine Weile bleibe ich zwischen zwei Gestalten stehen, die übergroß im Mondlicht schimmern. Lausche in die Finsternis. Nur das leichte Rauschen der Blätter, das ferne Knarzen der Bäume. Als würde jemand unendlich langsam einen Korken aus einer Flasche drehen.

Nein, wenn das hier ein Alarm wäre, hätten sie mich längst erwischt.

»Lia!«, rufe ich noch einmal in den Wald, weil ich hoffe, dass vielleicht sie mich findet, wenn ich das schon nicht schaffe. Doch die Bäume werfen nur das Echo meiner Stimme zurück, das sich zwischen den Stämmen bricht wie ein seltsames Lachen.

Ich weiß nicht, wie lange ich gegangen bin, wie lange ich den Figuren schon folge, als ich merke, dass es anfängt zu dämmern.

Das letzte Wesen ist ein weißhaariger Gnom, das Gesicht erstarrt zur Grimasse eines Schreis. Leicht gebückt deutet er mit dem Zeigefinger über den ausgestreckten Arm in eine Richtung, als sähe er dort etwas Schreckliches.

Je nachdem, ob man sich dem Schrat von vorn oder von hinten nähert, wirkt diese Geste anders. Kommt man ihm entgegen, ist sie eine Warnung: Bleib da, wo du herkommst. Nähert man sich ihm vom Wald aus, ist sie ein Wegweiser. Mit vor Entsetzen geweiteten Augen deutet der verwachsene Alte in Richtung der Siedlung.

Nicht einmal zehn Minuten folge ich seinem ausgestreckten Zeigefinger durch den Wald, als ich in der Ferne die ersten Häuser erkenne.

28

ETWAS IST ANDERS. Ich gehe durch dieselben Straßen wie immer. Ich steige in einen Bus, mit dem ich schon oft gefahren bin. Aber etwas ist anders.

Es erwischt mich mit der gleißenden Wucht von Sonnenlicht, das jäh durch die Wolken bricht. Als hätte man die Siedlung umprogrammiert, die Menschen ausgetauscht, torkeln sie ohne Rücksicht aufeinander zu, stoßen aneinander, ohne aufzusehen.

»Fahrkarte!«, blafft mich der Busfahrer an, ohne ein Lächeln, und ich bin so perplex, dass ich wirklich nicht verstehe, was er von mir will.

»Dann nicht.« Die Türen zischen zu, ich muss mich mit einem Rückwärtssprung retten, um nicht eingeklemmt zu werden. Der Bus fährt nur Zentimeter entfernt an mir vorbei, lässt mich in einer stinkenden Wolke zurück. Was ist hier passiert, während ich weg war? Wie lange war ich überhaupt weg? Woher weiß ich, dass mich Krons nicht tagelang betäubt gehalten hat?

Ich laufe auf einen Monitor zu. Die Anzeige flackert, spielt verrückt, springt von einem Text zum nächsten und wieder zurück. Vermutlich ein technischer Defekt, denke ich und verberge mich hinter einer Hauswand. Ich zähle bis fünf, dann sehe ich vorsichtig um die Ecke. Nichts flackert mehr, der Spruch steht klar in rosafarbenen Lettern auf hellgrauem Grund: *Liebe ist alles, was zählt.*

Einer der Standardsprüche der CoffeeCompany. Eine Art Bildschirmschoner, wenn gerade kein Bewohner darauf zuläuft.

Ich komme aus meinem Versteck, gehe in Richtung des Monitors. Wieder flackert es, springt unentschlossen hin und her.
Sie können mich nicht mehr lesen. Sie erkennen noch, dass ich kein Gegenstand bin, aber sie haben keinen Zugriff mehr auf meine Verfassung. Ich bin unsichtbar für sie, und ich bin froh, dass kaum Menschen auf der Straße sind, die sehen können, dass ich das Störsignal bin, der Typ, der das System durcheinanderbringt.
Ich lasse die Busse an mir vorbeifahren. Ich genieße es, durch die Straßen zu laufen und Anzeigen flackern zu sehen, sobald ich mich nähere.
Ich. Bin.
Ich bin.
Ichbin.
Das ist der Rhythmus meiner Schritte, der mich bis zu unserem Haus trägt.
Als ich ankomme, sitzen meine Eltern vor dem Bildschirm am Frühstückstisch: MorningCall. Keiner von beiden sieht auf, niemand scheint sich Sorgen um mich gemacht zu haben. Sie haben nicht mal gezuckt, als ich die Tür hinter mir geschlossen habe.
Ich bin euer Sohn, denke ich. Ich bin nach der Schule nicht nach Hause gekommen, ich war die ganze Nacht weg. Vielleicht war ich sogar mehrere Nächte weg. Und ihr dreht euch nicht mal um, wenn ich zurück bin?
Eine Weile stehe ich im Türrahmen, starre auf ihre Rücken und kann es nicht fassen. Meine Eltern sitzen mittig vor dem Bildschirm, gegeneinandergelehnt wie zwei Säcke, die sonst umkippen würden. Die blecherne Stimme eines CoffeeCompany-Mannes schnarrt aus den Lautsprechern. Ich kann nicht verstehen, was er sagt, aber ich habe plötzlich eine Idee. Ich stelle mich hinter das Sofa, zwischen meine Eltern, und gehe in die Hocke, damit die Kamera mich erfassen kann.

Erst passiert nichts. Dasselbe Gesichtermosaik wie immer. Bis das seltsame Familienporträt von meinen Eltern und mir auf einmal regelrecht zerschossen wird von zuckenden Streifen, nach rechts und links auseinandergerissen.

Endlich drehen sie sich zu mir um. Meine Eltern schauen mich an, als sei ich ein Heizdeckenvertreter, der im Hochsommer vor ihrer Haustür steht. Mit zusammengezogenen Brauen und angewiderten Gesichtern machen sie Lästige-Fliegen-Verscheuchbewegungen, sie ahnen, dass ich der Grund für die Bildstörung bin.

Ich richte mich auf und trete zur Seite, raus aus dem Erfassungswinkel der Kamera: Alles wieder normal.

Was ist mit meinen Eltern, was ist mit der Siedlung passiert, während ich weg war? Meine Eltern waren nie besonders feinnervig, aber die komplette Verwandlung in seelenlose Zombies muss ich verpasst haben.

Ich gehe nach oben in mein Zimmer, packe und mache mich auf den Weg zur Schule. Ich brauche ein wenig Normalität.

Als ich in die Klasse komme, ist wirklich alles beim Alten: Niemand nimmt Notiz von mir, keiner scheint mich vermisst zu haben, und dem Datum auf dem großen Bildschirm hinter Herrn Doktor Freitag entnehme ich, dass ich in kein Zeitloch gefallen bin, dass nur ein Tag vergangen ist.

Für Herrn Doktor Freitag scheint die Sache mit Lia durch meine Entschuldigung vergessen. Verwirrter Junge hat zugegeben, sehr, sehr verwirrt zu sein. Leidet wohl unter Wahnvorstellungen. Seltsam, aber na ja.

Wenn aber wirklich nur ein Tag vergangen ist, wie können sich die Menschen in der Siedlung über Nacht derart gewandelt haben? Auch in der Pause scheint mir der allgemeine Umgang roher, die Bewegungen der anderen rücksichtsloser geworden zu sein.

Um nicht aufzufallen, stelle ich mich wieder an die Ausgabe. Während ich den Kaffee möglichst unbemerkt entlang meines Weges auskippe, kommt mir ein Gedanke: Was, wenn nicht die Menschen in der Siedlung anders geworden sind, sondern nur ich? Wenn uns die Pillen im Zusammenspiel mit dem Kaffee in ein so dickes Polster aus künstlichen Gefühlen hüllen, dass der eigentliche Umgang miteinander gar nicht mehr durchdringt? Wenn ich der Einzige bin, der gerade sieht, wie die Siedlung wirklich ist?

Vielleicht kann die CoffeeCompany Abtrünnige nicht mehr erkennen. Aber die Siedlung wird ohne Kaffee und ohne Pillen zu einem so unerträglichen Ort, dass es alle, die zu einer ungetrübten Wahrnehmung gefunden haben, in der Siedlung nicht mehr aushalten würden. Außerdem ist es nur eine Frage der Zeit, bis der Erste merkt, dass ich alle Bildschirme durcheinanderbringe. Meine Abwesenheit würde wohl selbst meinen Eltern kaum auffallen, und dass ich Lia in der Siedlung finde, ist auch nicht besonders wahrscheinlich. Also packe ich direkt nach der Schule alles, was ich brauche, in meinen Rucksack. Ich will dahin, wo ich Krons begegnet bin. Wo ich auch Lia zum letzten Mal getroffen habe. Das Kinderkarussell ist mein einziger Anhaltspunkt, mein Tor von der Welt der Siedlung in die Welt des Waldes.

Ich lasse meinen Eltern einen Zettel auf dem Küchentisch, der vage eine längere Abwesenheit andeutet, eine Klassenfahrt, die ich ganz vergessen hatte, sie mögen sich bitte nicht sorgen. Ich glaube zwar nicht, dass sie sich überhaupt noch Gedanken um mich machen, aber es tut gut, den Zettel geschrieben zu haben, wie ein normaler Sohn mit normalen Eltern in einer Welt, in der alles ist, wie es sein soll: freundlich und sonnig und gut.

29

ICH GEHE UMWEGE. Nehme abseitige Straßen ohne Bildschirme, ohne Leute. Ich habe Zeit. Vor Einbruch der Dämmerung am Karussell zu sein ist sinnlos.

In meinem Rucksack sind ein paar Klamotten, Konserven, Streichhölzer, ein Hammer, ein kleiner Topf, ein Messer und eine Plastikplane. Der Hammer und das Messer sind Waffen. Zwar ist Krons mein einzig möglicher Lotse durch den Wald, aber er ist auch eine Gefahr. Noch immer weiß ich nicht, ob er von der CoffeeCompany ist. Warum er mich bewusstlos geschlagen hat. Aber er weiß mehr, als ich weiß, er hat mich zusammen mit Lia gesehen, und er kommt aus der Welt, in der ich anfangen muss, sie zu suchen.

Nach der Hälfte des Weges tut mir der Rücken weh. Dosenkanten drücken gegen meine Wirbel, ich setze den Rucksack ab, lehne ihn gegen eine Hecke. Das Haus dahinter sieht verlassen aus, die Leute müssen bei der Arbeit sein. Im Garten steht ein Gestell mit einer Hängematte. Niemand in unserer Siedlung hat eine Hängematte. Ich versuche, hinter den Fenstern des Hauses etwas zu erkennen, höre auf Geräusche, von einem Baby, einem Hund, nichts. Die Straße ist vollkommen menschenleer.

Ich sehe mich noch einmal um, klettere über die Hecke und hebe auch den Rucksack in den Garten. Nur ein paar Minuten. Der fehlende Schlaf der vergangenen Nacht steckt mir noch in den Knochen.

Die simulierte Schwerelosigkeit tut gut, der leicht nachgebende Stoff. Wie der ganze Himmel, wie die Wolken sich hin und her bewegen, in monotonem Rhythmus. Ich schließe die Augen. Getragen, geschaukelt zu werden, wie ein Kind. Die Zeit zu vergessen.

»Interessant.«

Ich öffne die Augen. Sie ist direkt über mir, sie verdeckt die Sonne, ich habe keine Schritte gehört. Ich blinzele. Halte eine Hand vor den Himmel. Das Mädchen ist eine große, dunkle Silhouette.

»Was, interessant?« Ich versuche, mich aufzusetzen, falle fast aus der Hängematte.

»Bleib da«, sagt sie, »ich wollte dich nicht erschrecken. Und auch nicht vertreiben.«

»Neinnein«, sage ich, »es tut mir leid, ich dachte, hier ist keiner, ich wollte nur kurz ...«

Irgendwie bekomme ich ein Bein auf den Boden, mein Gehampel muss schrecklich aussehen.

»Wie gesagt, tut mir leid, ich muss jetzt auch weiter.«

»Du hast recht«, sagt sie, »hier ist keiner. Hier bin nur ich. Meine Mutter ist bei der Arbeit.« Das Mädchen legt den Kopf schräg. »Du bist nicht von hier, oder?«

»Nein«, sage ich, »nicht aus dieser Gegend.«

»Dann wolltest du nur mal schauen, wie der Himmel über anderen Gärten so aussieht?«

Das ist eine ziemlich verdrehte Frage, ich weiß nicht, was ich darauf antworten soll, also sage ich nur »Vielleicht« und versuche ein Lächeln, das souverän aussehen soll und wohl den maximalen Kontrast zu meinen albernen Versuchen darstellt, mich aus der Hängematte zu schälen. Dass sie die ganze Zeit über mir steht und auf mich herabsieht wie auf einen Käfer, macht es nicht einfacher.

Als hätte sie meine Gedanken erraten, geht sie in die Hocke und hält sich neben mir am Stoff der Hängematte fest. »Ich hab doch gesagt, bleib liegen. Ich freue mich über Gesellschaft.«

Zum ersten Mal kann ich ihr Gesicht sehen. Sie hat eine solche Ähnlichkeit mit Lia, dass ich sie vermutlich entgeistert anstarre. Wenn ich nicht zuerst ihre Stimme gehört hätte, hätte ich sie für einen Gegenentwurf gehalten: Genau so könnte Lia aussehen, wenn sie in der Siedlung aufgewachsen wäre.

Das Mädchen trägt ein leichtes, hochwertig schimmerndes Sommerkleid, das gleichzeitig schlicht und unbezahlbar aussieht. Sie riecht nach teurem Parfüm, teuren Cremes und teuren Haarpflegeprodukten und wirkt insgesamt, als würde sie den ganzen Tag nichts anderes tun, als sich um ihr Äußeres zu kümmern.

»Möchtest du einen Kaffee?«, fragt sie, und zu meiner eigenen Überraschung sage ich »Ja«, ich sage »Gern«.

Sie lächelt, ich lasse den Rucksack an der Hecke stehen und folge ihr ins Haus.

»Was arbeiten deine Eltern?«, frage ich, während ich mich umsehe. »Wie heißt du überhaupt?«

»Dolly«, sagt sie, und ich halte das sofort für einen Witz, auch weil sie das »o« wie ein »a« ausspricht, als imitierte sie eine überdrehte Amerikanerin. »Über die Arbeit meiner Mutter darf ich nicht sprechen.«

Kein normaler Mensch heißt Dolly. Wahrscheinlich ist das ein Deckname. Ein Kunstname, den sich ihre wichtigen Eltern für sie ausgedacht haben, damit sie nicht entführt wird oder so was.

Ich will wissen, was sie macht. Wo sie zur Schule geht. Ob sie überhaupt zur Schule geht oder ob es für Leute wie sie Privatunterricht gibt. Aber ich bin mir sicher, dass ich keine Antworten bekäme. Vielleicht arbeiten ihre Eltern im Gesundheitsamt. Oder in einem der Labore der Fabriken, die unsere Pillen herstellen. Irgendwas Bedeutendes muss es sein, dass sie sich so eine Einrichtung leisten können.

Ich folge ihr ins Wohnzimmer und bemühe mich, nicht zu sehr zu glotzen. Die Möbel, die Stoffe, die Lampen. All das ist wie aus einem Film. Ich wage kaum, mich auf das Sofa zu setzen, das sie mir anbietet.

»Kaffee oder Wasser?«, fragt sie, und da weiß ich, dass sie keine gewöhnliche Bewohnerin der Siedlung sein kann.

»Wasser«, sage ich so selbstverständlich wie möglich.

Sie wirkt kurz irritiert, dann lächelt sie, als hätte ich gerade einen komplizierten Test bestanden: »Wusste ich.«

Sie verschwindet im Nebenraum und kommt zu meiner Überraschung mit einer Wasserflasche und zwei Gläsern zurück. In der ganzen Siedlung habe ich noch nie Wasser in Flaschen gesehen.

»Wo hast du das her«, frage ich, »ist das nicht aus der Leitung?«

Sie verzieht das Gesicht. »Aus der Leitung? Willst du mich auf den Arm nehmen?«

»Ich meine, weil ... ich keine anderen Leute kenne, die Wasser trinken.«

»Dann kennst du die falschen Leute.«

»Davon bin ich seit mehr als fünfzehn Jahren überzeugt«, sage ich, und ihr Lächeln verrät mir, dass ich gerade das nächste Level erreicht habe. Ich fühle mich wie ein Lügner, weil sie mich Dinge sagen lässt, die nicht zu mir passen, aber irgendwie genieße ich es auch, den schlagfertigen Zwinker-Typen zu spielen.

Trotzdem, ich muss es wissen: »Das Wasser ist also nicht aus der Leitung?«

»Ach komm.« Sie verzieht das Gesicht und schenkt unsere Gläser voll. »Jeder weiß, dass man Leitungswasser nicht trinken darf, oder?«

»Aber woher hast du das dann?«

Sie drückt mir das Wasser in die Hand, setzt sich mir gegenüber auf eine Ledercouch und sieht mich über den Rand ihres Glases an. Mit einer angedeuteten Bewegung prostet sie mir zu.

»Trink«, sagt sie, ihre Stimme klingt irritierend sanft, und ich warte, bis sie zuerst einen Schluck genommen hat.

Als sie nicht umfällt, nippe auch ich davon. Das Wasser schmeckt frisch und klar und leicht mineralisch, es schmeckt wie gesunde Luft und viel besser als das Wasser aus der Leitung.

»Und?«

»Gut«, sage ich.

Sie lächelt.

»Du bist süß«, sagt sie und sieht mich auf eine Art an, die ich bisher nur aus Filmen kannte.

Sie schlägt die Beine übereinander, es schmatzt leicht, als sich die Haut ihrer Schenkel vom Leder löst. Sie wippt mit dem Fuß, das alles überfordert mich komplett. Natürlich kennt sie mich gar nicht, außer meinem tollpatschigen Verhalten in der Hängematte habe ich ihr noch keinen Grund gegeben, sich über mich lustig zu machen, und dass sie mich möglicherweise wirklich für einen süßen Typen hält, maximiert nur meine Fallhöhe und macht die Sache nicht einfacher.

Sie sieht mich an, ohne zu blinzeln. Sie wartet auf eine Reaktion.

»Du bist … auch sehr schön«, sage ich und will das sofort rückgängig machen, weil ich »auch« gesagt habe, als hätte sie gesagt, ich sei schön, dabei hat sie bloß »süß« gesagt, was alles und nichts heißen kann, von »drolliger Tollpatsch« bis »ganz niedlich«, aber sie hat noch immer diesen Blick, der etwas anderes meint als süß.

»Dann komm doch her.« Sie klopft auf den Platz links neben sich, als wollte sie ein Haustier auf ihren Schoß springen lassen, und wahrscheinlich bin ich das für sie: ein possierlicher kleiner Zeitvertreib. Ein willkommenes Mittel, die Stunden zu verkürzen, bis ihre Eltern wieder zu Hause sind und sie mitnehmen zu dem nächsten Event, bei dem eine Gesellschaft unter sich ist, von der ich nicht mal weiß.

Ich stehe auf, setze mich neben sie aufs Sofa und rieche all die teuren Sachen an ihr, das Make-up, das aussehen soll, als trüge sie kein Make-up, die Mittel in ihren Haaren. Sie gehört zu den Menschen, die wahrscheinlich immer bekommen, was sie wollen, weil es in ihnen gar keinen Raum gibt für Zweifel, für irgendeine Art der Unsicherheit. Ich finde ihre ganze selbstzufriedene Arroganz widerlich und habe gleichzeitig große Lust, sie zu küssen. Natürlich schäme ich mich dafür, vor mir selbst und auch vor Lia, vor der Wahrhaftigkeit zwischen uns. Und weil ich irgendwie glaube, dass sie das weiß, dass Dolly, oder wie auch immer sie in Wahrheit heißt, all das instinktiv weiß, will ich etwas sagen, das von dem ablenkt, was laut ihrer Agenda jetzt als Nächstes dran ist. Ich suche nach Worten, die uns aus dem feinen Gespinst reißen können, das sie gerade um uns errichtet, ich sage: »Aber wo hast du das denn jetzt her, das Wasser«, und vielleicht findet sie dieses unbeholfene Ablenkungsmanöver wieder süß, jedenfalls lächelt sie und antwortet nicht und rückt nur näher, mit ihrer leichten Bräune, ihrem Gesicht und ihrem Körper, ihren Blicken und ihren Bewegungen.

»Du bist ein sehr neugieriger Junge«, sagt sie, das Leder knarzt, als sie sich zu mir beugt und mich küsst, ihre Lippen sind kühl, ihre Fingerspitzen streichen an mir entlang, ich schließe die Augen und bin nicht mehr verantwortlich. Es ist, als würde ich mich auflösen. Als hätte ich nichts mehr zu tun mit dem, was jetzt passiert, mit ihren Händen in meinen Haaren, unter meinem Shirt, mit ihren Fingern an den Knöpfen ihres Kleides, meiner Hose, mit ihrem duftenden Körper, den Übergängen zwischen ihrer braunen Haut und der weißen Haut, die normalerweise von ihrem Bikini verdeckt bleibt. Als hätte ich nichts zu tun mit dem Atmen, den unterdrückten Lauten, dem Knarzen des Leders und dem Blick in ihre Augen. Sie riecht nach Seife und nach Haut, als ihre Pupillen sich weiten, als sie die Augen leicht nach oben verdreht und ich die zwei goldenen Einschlüsse in ihrer Iris sehe.

30

ICH GEHE DIE STRASSE ENTLANG, mit zitternden Knien. Ich denke: Okay. Das also war dein erstes Mal. Prima, Schlosser. Du bist gerade bis über beide Ohren verknallt, Lia wurde entführt, vielleicht wird sie gerade misshandelt, doch statt sie zu befreien oder wenigstens nach ihr zu suchen, hast du nichts Besseres zu tun, als dich mit dem erstbesten Mädchen zu vergnügen, das dir am Wegesrand begegnet. Bravo. Eine bessere Wahl hättest du gar nicht treffen können. Wahrscheinlich sind sie und ihre Eltern mit der CoffeeCompany verbunden und erstatten jetzt Bericht. Wer weiß, wenn du Pech hast, ist Lia sogar ihre Schwester. Obwohl Dolly-oder-wie-auch-immer-sie-wirklich-heißt gesagt hat, sie hat keine Geschwister, während sie ihr Kleid wieder zurechtgestrichen hat, als wäre nichts geschehen, und du immer noch zitternd und überfordert versucht hast, deine Hose nach oben zu zerren. »Ihr habt so ähnliche Augen.« Maximal galant auch, nach dem Sex sofort von einer anderen zu sprechen.

»Ich muss jetzt leider gehen«, hast du zu allem Überfluss noch gesagt, weil du dich plötzlich nach der Kühle und der Einsamkeit des Waldes gesehnt hast, nach dem Knarzen der Bäume in der Stille und dem Geräusch deines Atems dazu. Sie hat auf ihre Uhr gesehen und »Klar« gesagt, was eher ein »Klar, ich hab jetzt sowieso einen Termin« als ein »Klar, verstehe ich« war. Und dann bist du raus, verwirrt, zittrig und verschwitzt, bist die Straße entlanggegangen und hast erst an der nächsten Ecke gemerkt, dass du deinen Rucksack vergessen hast, dass er noch immer im Garten stehen muss, und es war dir unendlich peinlich, noch mal zurückzugehen, von ihr entdeckt werden zu können. Du hast deinen Rucksack geschnappt und bist weiter, er schien dir schwerer als vorher, und jetzt drücken die Dosenränder wieder hart gegen deine Wirbel, und du hast noch mindestens eine Stunde Fußweg vor dir.

Bravo, Traumschlosser. Richtig gut.

31

ALS ICH DEN WALDRAND ERREICHE, leuchtet das Karussell im Licht der untergehenden Sonne, als stünde es in Flammen. Jemand muss die Plane entfernt haben, aber weit und breit ist kein Mensch zu sehen.

Es riecht nach Dachboden und kühler Luft und ein bisschen nach Fichtennadeln. Ich lehne den Rucksack gegen ein hölzernes Schwein, lasse mich an einer Kutsche zu Boden sinken, auf das Geknirsch aus lackierten Holzsplittern, abgeraspelten Pailletten und gläsernen Tieraugen, das ich gestern hinterlassen habe.

Plötzlich ein Ruck. Es wackelt, knarzt. Ist das Karussell schon so morsch? Schnell stehe ich auf. Der Boden unter mir dreht sich und stoppt wieder. Ich halte mich an einer Prinzessin fest, um nicht hinzufallen.

Ein tiefes Atmen. Eine riesenhafte Ziehharmonika, die seit Jahren nicht benutzt wurde. Dann, plötzlich: Musik. Das Karussell beginnt sich zu drehen. Mein Rucksack fällt um, rutscht über die Kante, plumpst schwer in den Sand. Aus den Lautsprechern scheppert ein Walzer. Ich sehe mich um, sehe Pferde auf und ab wogen, Feuerwehrautos blinken, Brunnen sich drehen.

Wie kann das sein? Auf der Suche nach Kameras habe ich unter die Plattform gesehen und kein Kabel entdeckt. Gänsehaut richtet mir die Härchen auf. Ich muss hier runter, rutsche aus, verdammte Splitter, warum habe ich auch alles kurz und klein geschlagen?

Das Karussell wird schneller. Erst denke ich, dass ich mir das nur einbilde, aber die Geschwindigkeit nimmt tatsächlich zu, und auch die Musik wird schneller.

Ich muss hier runter, solange es noch geht. Nicht groß überlegen. Ich klammere mich an die Beine der Prinzessin. Mir ist schwindelig, alles verschwimmt. Komm schon. Jede Sekunde, die du zögerst, macht es nur schlimmer.

Ich lasse los. Rutsche, knalle gegen Hufe, Räder, Füße. Irgendwas trifft mich am Kopf, an den Rippen. Späne scheuern an meinem Bauch, dann werde ich von der Plattform geschleudert, fliege durch die Luft, knalle bäuchlings auf den Grund, schmecke Sand.

Mit bleibt die Luft weg. Ich huste in die Erde, höre ein Lachen. Die Musik wird langsamer. Meine Rippen tun weh, mein Knie.

»Bravo«, ruft jemand und klatscht.

Ich hebe den Kopf. Eine schwarze Gestalt steht über mir. Zum zweiten Mal an diesem Tag. Aber diesmal ist es ein Mann. Ein Mann in Livree und Zylinder, ein Zirkusdirektor.

»Du wirst ja von Mal zu Mal schwungvoller, Junge.«

Er hält mir eine Hand hin.

Krons.

Was er hier macht, will ich gerade fragen, als mir klar wird, dass ich nur seinetwegen gekommen bin. Dass ich gehofft habe, ihn hier zu treffen.

»Wieso sehen Sie so aus?«, frage ich stattdessen. Und mit einer Kopfbewegung in Richtung des Karussells: »Was ist damit passiert?«

»Wehgetan?«, fragt er und hilft mir auf. Ich fühle mich nicht ernst genommen.

»Sie meinen, als Sie mich das letzte Mal k. o. geschlagen haben? Ja, ziemlich.«

Er lächelt. »Wir waren beim Du. Jonah – Krons, Krons – Jonah. Erinnerst du dich?«

»Solange Sie mir nicht erklären, warum Sie mich geschlagen haben, bleibe ich lieber beim Sie.«

»Bravo, Junge. Du machst dich.« Krons sieht in Richtung des Waldes, als würde er dort etwas beobachten. »Es tut mir leid. Ich wollte das nicht. Es war eine Art … Versehen. Reicht dir das fürs Erste?«

»Natürlich nicht.«

Er lächelt wieder. »Ich erklär's dir. Versprochen. Aber nicht jetzt. Noch nicht.«

»Du redest wie in einem schlechten Film«, sage ich.

»Das sagt ausgerechnet jemand aus der Siedlung?«

Okay. Der Punkt geht an ihn.

»Erklärst du mir dann wenigstens deinen seltsamen Aufzug? Und was es mit diesem verrückt gewordenen Karussell auf sich hat?«

Erst jetzt bemerke ich, dass die Musik verstummt ist. Ich drehe mich um. Das Karussell steht genauso da, wie ich es bei meiner Ankunft vorgefunden habe. Nur mein Rucksack liegt davor auf dem Boden.

»Für verrückt habe ich gestern eigentlich nur den Jungen gehalten, der das hier angerichtet hat.«

Krons wirkt ehrlich verwirrt und nicht so, als wollte er mich verschaukeln.

»Das Karussell«, sage ich. »Es fing plötzlich an, sich zu drehen. Immer schneller. Da war Musik. Du musst doch gesehen haben, wie ich von der Plattform geschleudert wurde, ich bin doch direkt vor deinen Füßen gelandet!«

»Ah.« Krons nickt bedächtig. »Das meinst du.«

Er sieht eine Weile zu Boden. Ich warte.

»Tja. Das ist jetzt ein bisschen schwierig. Ich müsste dir nämlich gleichzeitig sagen, dass ich dir glaube und dass du Gespenster siehst.«

Ich warte weiter.

»Denn das Karussell hat sich keinen Millimeter bewegt. Wie sollte es auch? Es ist seit Urzeiten außer Betrieb. Und natürlich war da auch keine Musik.«

»Aber ich habe …«

»Du bist gesprungen, Jonah. Du warst total panisch. Du hast Anlauf genommen und bist vom Karussell gesprungen.« Krons schüttelt den Kopf und seufzt. »Das ist die eine Wahrheit. Die andere ist, dass das ganz normal ist.«

Er wendet sich dem Wald zu und bedeutet mir, ihm zu folgen.

»Moment.« Ich humpele zurück zum Karussell und nehme den Rucksack. Das Gehen wird mit dem Gewicht auf dem Rücken nicht leichter, ich spüre jeden Knochen.

Krons steht da in seiner albernen Uniform und betrachtet mich mitfühlend. Ich muss ein Bild des Jammers abgeben.

»Komm«, sagt er, nimmt mir den Rucksack ab und schultert ihn, als wöge er nichts.

»Und das da«, ich zupfe an seinen Frackschößen, »bilde ich mir diesen Aufzug auch bloß ein?«

»Das Kostüm?« Amüsiert schaut er mich an und nimmt seinen Zylinder ab. »Schick, oder? Hab ich gefunden, mitten im Wald, in einer Truhe mit altem Zeug.« Er setzt mir den Zylinder auf und begutachtet mich: »Steht dir.«

Ich folge ihm in den Wald.

»Wie hast du das eben gemeint«, frage ich. »Dass es normal ist, wenn sich alter Schrott plötzlich in ein Killerkarussell verwandelt?«

»In gewisser Weise ja«, antwortet Krons.

Der Himmel über den Bäumen glimmt schwach hinter malvenfarbenen Wolken, schon bald sehen wir nur noch Schemen.

»Du nimmst die Pillen nicht mehr, stimmt's?«, fragt er. »Und den Kaffee?«

Ich schüttele den Kopf.

»Dachte ich's mir.« Er streicht sich die Haare nach hinten. »Du merkst den Entzug nicht, weil du keine körperlichen Symptome hast. Aber hier oben«, er tippt sich an die Stirn, »hier drin spielt alles verrückt. Das meinte ich eben. Es ist vollkommen normal, ein paar Gespenster zu sehen, bevor du klar wirst. Das ist ein gutes Zeichen, glaub mir.«

Ich versuche, mit ihm Schritt zu halten, was kaum möglich ist. Wenn es stimmt, was er sagt, woher weiß ich dann, was wahr ist und was ich mir nur eingebildet habe? Die durchdrehenden Bildschirme. Das Verhalten meiner Eltern, der Siedlungsbewohner. Meine Begegnung mit Dolly. War das alles nicht echt? Auch der Sex nicht? Die Einschlüsse in ihren Augen? Habe ich mir in meiner Verzweiflung ein Mädchen herbeifantasiert, das Lia ähnlich sah?

Und Lia selbst? Als sie mir begegnet ist, habe ich noch die Pillen genommen und Kaffee getrunken. Krons sagt, er hat uns gesehen. Vielleicht ist er ein Verrückter, ein durchgedrehter Zirkusdirektor. Aber er ist auch meine einzige Chance, sie wiederzufinden.

»Woher weißt du das«, rufe ich hinter ihm her, bemüht, seinen Vorsprung zu verringern. »Mit dem Entzug und so.«

»Kannst du dir das nicht denken, Junge?«

Doch. Kann ich. Aber ich will, dass er es sagt.

»Ich war einer von euch«, sagt Krons. »Ich hab auch in der Siedlung gelebt. Eine ganze Zeit lang sogar. Bis ich gemerkt habe, dass etwas nicht stimmt. Ich hab den Kaffee getrunken und die Pillen genommen und trotzdem gespürt, dass was falsch ist. Wie du.«

»Na ja«, sage ich. »Ich weiß nicht, ob ich ohne Lia auf die Idee gekommen wäre, dieses Gefühl etwas anderem zuzuschreiben als meinem Alter.«

»Tja«, sagt Krons. »Ich fürchte, das wird dir noch lange bleiben. Weil es nämlich wahr ist, Junge. Weil wir alle ursprünglich aus einer Welt kommen, die nichts mit der Siedlung zu tun hat.

Aber wenn dir alles, was dich täglich umgibt, eine Realität vorspiegelt, die mit jedem Wort, jeder Geste weiter gefestigt wird, fällt es schwer, dieses leise Alarmglöckchen in dir zu hören.« Er sieht mich an. »Du musst übrigens entschuldigen, dass ich manchmal so komisch daherrede. Dumme Angewohnheit von früher.«

»Von früher?«

»Ich war Lehrer«, sagt Krons. »Für Schüler in deinem Alter. Bis ich gemerkt habe, was ich da eigentlich jeden Tag unterrichte.«

»Deshalb bist du zu den Verrückten gegangen?«

»Nennen sie das jetzt so? Die Verrückten?« Krons lacht. »Zu meiner Zeit haben sie das noch etwas höflicher ausgedrückt. Aber wir wussten trotzdem, was gemeint war. Irgendwo im Wald leben die Gescheiterten, die mit uns nichts mehr zu tun haben. Die außerhalb der Gemeinschaft stehen. Feinde. Verräter. So haben wir sie genannt. *Verrückte* ist schon eine neue Stufe.«

»Warum will uns die CoffeeCompany von dem Wald fernhalten? Weil wir euch nicht begegnen sollen? Weil ihr gefährlich seid?«

»Was mit dem Wald los ist, wirst du nach und nach selbst begreifen. Du hast doch vor, eine Weile zu bleiben?« Er hebt lächelnd den Rucksack an und zwinkert mir zu. »Lia, richtig?«

»Ja«, sage ich.

Und dann schweigen wir, weil ihr Name den Raum zwischen uns ganz füllt.

32

»SO.« KRONS SETZT den Rucksack ab. »Ich hab Hunger, du auch?«

Ich sehe mich um. Wir sind mitten im Nirgendwo.

»Du hast doch ein Feuerzeug dabei?«

»Streichhölzer«, sage ich. »Und einen Topf.«

»Wusste ich's«, sagt er. »Auf den Jungen ist Verlass.«

Kurz darauf haben wir eine Art Lager errichtet. Vor uns brennt ein Feuer, in dem Topf köchelt der Inhalt von zwei Dosen Bohnen. Krons rührt immer wieder um, der Löffel kratzt über den Boden.

»Ich hab dir vorhin übrigens nicht die Wahrheit gesagt«, murmelt er. »Es ist nicht bloß Einbildung. Manchmal befähigt dich der Entzug auch, die Dinge zu sehen, wie sie gedacht sind. Oder wie sie vielleicht mal waren.«

»Heißt das, ich kann in die Vergangenheit sehen?«

Krons lacht. »Vielleicht nicht ganz. Aber ich erinnere mich, dass ich damals Situationen erlebt habe, in denen ich dachte, ich könnte das.«

»Zum Beispiel?«

Es knallt laut, als ein Funkenschwarm aus dem Feuer hoch in die Schwärze der Nacht explodiert.

»Der See«, sagt Krons.

»Du warst am See?« Ich kann es nicht fassen.

»Ein einziges Mal. Und soweit ich weiß, bin ich der Einzige, der je von dort zurückgekehrt ist. Der den Anblick überlebt hat.«

»Welchen Anblick?«

»Den Anblick deines wahren Selbst. Das ist es, was der See dir zeigt.«

»Klingt nach billiger Science-Fiction«, sage ich.

»Dann habe ich heute Abend schon wie ein schlechter Film und wie billige Science-Fiction geklungen«, sagt Krons. »Und trotzdem hörst du mir weiter zu.«

»Weil ich irgendwem ja glauben muss.« Ich zucke mit den Schultern. »Und weil ich keine Wahl habe. Du bist meine einzige Chance, Lia wiederzufinden.«

»Du vertraust mir also?«

»Das habe ich nicht gesagt.«

Krons starrt eine Weile in die Flammen und kaut Bohnen.

»Es gab eine Zeit«, sagt er und reicht mir den Topf, »da war der See einfach nur ein See. Mit Wasser und Fischen darin, mit moosigen Dingen tief unten im Schlick, die jemand vor langer Zeit reingeworfen hat und jetzt keiner mehr erkennt.«

Ich nehme den Löffel und versuche, kein Geräusch zu machen beim Rühren.

»An seinem Ufer saßen Leute um ein Feuer«, sagt Krons. »Sie haben sich Geschichten erzählt, mit Stimmen, in denen etwas herumsprang, weil ihre Worte zu klein waren für das Große in ihnen. Aber das Große musste in die Welt. Und weil sie es nicht konnten, weil ihre Stimmen und ihre Worte zu eng waren und es nicht freilassen konnten, sprang es in ihnen herum. Wie ein Tier. Es leuchtete aus ihren Augen und glühte in ihren Herzen, und die anderen verstanden es trotzdem.«

Es macht mir ein bisschen Angst, dass er auf einmal so redet. Nicht wie ein Lehrer, eher wie ein Prediger.

»Und dann«, sagt er, »als die Asche ihrer Feuer noch warm und die Sterne hell waren, haben sie sich ausgezogen und sind in den See gegangen.«

Ich sehe in die Flammen. Löffele Bohnen.

»Einer hat geschrien«, sagt Krons. »Weil er plötzlich etwas gespürt hat. Etwas Moosiges, Glitschiges. Und dann haben es die anderen auch gespürt. Dass ganz langsam etwas an ihren Körpern entlangstreicht. Unter ihnen, im schwarzen Wasser. Ihre Beine stoßen nach unten, treten in schlickigen, schleimigen Grund, auf der Suche nach Halt. Ein seltsamer Kitzel erfasst sie, ein Strudel zwischen Angst und Lust, und plötzlich schreien alle.«

Er dreht sich zu mir. Seine Augen scheinen etwas hinter meinem Kopf zu fixieren, und da weiß ich, dass der Film oder was immer da gerade in ihm läuft, noch nicht zu Ende ist.

»Sie schreien lauter. Obwohl sie wissen, dass da nur Algen sind und kein Monster. Aber das Schreien entzündet sich immer wieder neu. Sie klammern sich aneinander, umschlingen ihre nackten, zuckenden Körper. Ein wundes, ein gieriges Verlangen schlägt in ihnen hoch, funkensprühend zwischen Angst vor dem Unbekannten und einer Neugier, die wie Durst in ihnen brennt.«

»Krons«, sage ich, weil er mir langsam unheimlich wird. Weil er wie die CoffeeCompany Bilder benutzt, die gut klingen, aber irgendwie schief sind. Und weil ich will, dass er endlich aufwacht aus seiner Trance. Aber er hebt nur die Hand, ich soll ihn nicht unterbrechen.

»Sie halten sich aneinander fest«, sagt er, »zappeln und strampeln im Nichts. Die Finsternis macht ihnen Angst, das Dunkle unter ihnen und das Dunkle über ihnen. Sie haben keine Ahnung von der Weite des Alls. Sie wissen nicht, dass die winzigen Leuchtpunkte in Wahrheit rasende Feuerbälle sind, unvorstellbar fern, umgeben von eisiger Kälte. Sie fühlen sich unendlich, in der Hitze des Sommers, als sie noch kühl vom See bei der warmen Asche des Feuers liegen. Sie haben Gänsehaut, sie sehen Sterne in den Augen der anderen, sie küssen sich.«

»Krons«, sage ich. »Was soll das?«

»So war der See«, sagt er und sieht mich wieder an, »damals. Zumindest glaube ich das.«

»Und jetzt?«

»Ich vermute, die CoffeeCompany hat was mit dem See angestellt. Und dabei ist etwas schiefgegangen. Jedenfalls verbirgt sich dort ... wie soll ich das sagen ...«

Ich kaue und schlucke Bohnen und frage mich, wie ich jemals auf die Idee kommen konnte, Krons nicht für verrückt zu halten. Dass ich ihn jetzt sogar Schauermärchen von verwunschenen Seen erzählen lasse, macht mir nur deutlich, wie verzweifelt ich mich an den letzten Strohhalm klammere.

»Du glaubst mir nicht«, sagt Krons. »Natürlich glaubst du mir nicht.«

»Was hast du erwartet?«

»Ich weiß nicht«, sagt er. »Ein bisschen Aufgeschlossenheit? Weil ich die einzige Chance bin, dein Mädchen wiederzu–«

»Du weißt, wo sie ist, oder?«, platzt es aus mir heraus.

Krons lächelt. »Na bitte. Fangen wir noch mal von vorn an. Und vielleicht versuchst du dich deiner Aufgabe jetzt als würdiger zu erweisen.«

»Meiner Aufgabe?« Ich schüttele den Kopf. »Also gut«, sage ich. »Angenommen, ich glaube dir. Oder bin zumindest offen.«

Ich reiche ihm den Topf, ich habe keinen Hunger mehr. Ich lausche dem Knistern und Knallen des Feuers, spüre die Wärme der Flammen und habe plötzlich einen Kloß im Hals, weil es mir unmöglich scheint, auch nur eine weitere Minute ohne Lia zu sein.

»Was muss ich tun, um zu ihr zu kommen?«

Anscheinend habe ich endlich das Richtige gesagt. Die Frage gestellt, die er die ganze Zeit hören wollte. Krons löffelt zufrieden seine Bohnen und nickt.

»Ist es dir ernst?«, fragt er. »Willst du wirklich zu ihr, egal, was das bedeutet?«

»Mehr als alles andere«, sage ich.

»Gut.« Krons setzt den Topf neben sich auf den Boden, legt sich hin und faltet die Hände hinter seinem Kopf. »Ich kann dir zeigen, wie du sie findest. Aber du musst mir vertrauen, Jonah. Und jetzt lass uns schlafen. Wir haben aufregende Tage vor uns.«

33

DIE LICHTUNG, die wir am nächsten Morgen erreichen, liegt so versteckt, dass ich sie nicht mal bemerkt hätte, wenn ich zufällig hierhergeraten wäre. Entlang eines kleinen Baches, in dem kristallklares Wasser über rund geschliffene Kiesel fließt, bahnen wir uns einen Weg durch verwachsenes Dickicht, als Krons plötzlich den schweren Ast einer Kiefer mit beiden Händen anhebt.

»Hereinspaziert«, sagt er, noch immer in dieser seltsamen Uniform, und ein bisschen erinnert der große runde Platz inmitten einer Ansammlung von Hütten, Wagen und Zelten wirklich an eine Manege. Im Zentrum gibt es eine Feuerstelle, und als Krons auf eine Art Bauwagen zugeht und mich heranwinkt, tritt eine hochgewachsene hagere Frau aus dem Vorzelt. Sie ist etwa so alt wie Krons und hält eine Holzkeule geschultert, aus der rostige Nägel ragen.

»Wer ist das?«, ruft sie Krons entgegen und zeigt mit der Keule auf mich.

»Guten Morgen, Alma«, sagt Krons. »Das ist Jonah. Er ist kein Wildschwein, du kannst die Keule wieder runternehmen.«

»Er kommt aus der Siedlung«, sagt sie. »Was schleppst du hier einen von denen an?«

»Schuldig, Euer Ehren.« Krons lächelt. »Aber es ist nicht so, wie du denkst.«

»Woher willst du wissen, was ich denke, alter Mann. Ich denke, dass du ein verwirrter Narr bist, der uns den Feind hier reinschleppt. Dir ist klar, dass wir ihn jetzt nicht mehr gehen lassen dürfen. Dass er bei uns bleiben muss. Es sei denn ...« Sie zieht eine Handkante quer über ihre Gurgel und funkelt mich aus harten Vogeläuglein an.

»Jetzt mal langsam, Alma. Der Junge tut dir nichts. Und von der Siedlung hält er ebenso wenig wie du. Stimmt's, Jonah?«

Ich nicke blöd wie ein artiger Junge, was Besseres fällt mir nicht ein.

»Du lässt dich auch von jedem um den Finger wickeln, Krons.« Sie spuckt vor sich ins Gras. »Das war schon immer so, und das wird auch immer so bleiben. Eines Tages lieferst du uns alle ans Messer. Aber eins sag ich dir ...«

»Alma.« Krons hebt die Hand, tritt zu ihr und beugt sich nah an ihr Ohr. Ich kann nicht verstehen, was er sagt, aber er spricht lange, sie lässt mich dabei nicht aus den Augen. Der Ausdruck in Almas Gesicht wandelt sich von Wut über Misstrauen und Verblüffung hin zu völliger Verwirrung. Ihre Brauen ziehen sich zusammen, wie um mich noch einmal scharf zu stellen, dann zischt sie Krons etwas zu und verschwindet kopfschüttelnd und etwas eingesunken wieder in ihrer Behausung.

»Was um Himmels willen hast du der erzählt?«, frage ich. »Wer ist das überhaupt?« Ich sehe mich um. »Ist Lia hier irgendwo?«

»Langsam, langsam, Junge«, lacht Krons und führt mich zu einem Wohnwagen. »Erst mal rein in die gute Stube. Hungrig beantworte ich keine Fragen.«

Ich folge ihm drei Stufen hoch und nehme den Rucksack ab. Bei unserem Aufbruch am Morgen habe ich darauf bestanden, mein Gepäck wieder selbst zu tragen, jetzt bin ich froh, das Gewicht endlich los zu sein.

»Ist nicht das Ritz, aber wir haben ein Dach über dem Kopf und sind geschützt vor wilden Tieren und zornigen alten Frauen.« Er zwinkert mir zu und macht sich an einem Schrank zu schaffen.

»Kaffee? Tee?«

Ich nicke.

»Setz dich«, sagt Krons, und ich nehme auf einer der beiden Matratzen im hinteren Teil des Wagens Platz. Einen Tisch oder Stühle gibt es nicht. Von dem Bettzeug geht ein muffiger Geruch aus.

»Du musst entschuldigen«, ruft Krons, während er mit Bechern und Besteck klappert, »auf Besuch war ich nicht eingestellt. Du bist mein erster Kontakt nach draußen seit ...« Er scheint nachzurechnen, dann gibt er auf: »Egal.«

Er setzt eine verbeulte Blechtasse mit zwei Löffeln darin vor mich auf den Boden und kommt kurze Zeit später mit einem Tablett zurück. Darauf ein paar schlammfarbene Stücke Irgendwas, eine Handvoll Blätter, eine Schüssel mit braunem Granulat, eine weitere Tasse und ein winziger Topf, aus dem es dampft.

»Brot«, sagt Krons, als er meinen Blick zu den grauen Stücken bemerkt, und setzt sich mir gegenüber im Schneidersitz auf die andere Matratze. »Vielleicht nicht ganz das, was du gewohnt bist, aber dafür sind wir unabhängig. Der Wald gibt uns alles, was wir brauchen.«

Ich nehme eines der Stücke und beiße vorsichtig ab.

»Kaffee oder Tee?«, fragt er noch mal, und weil ich ihn bloß entgeistert anstarre, erklärt er mir, dass das *richtiger* Kaffee ist und nichts mit dem zu tun hat, was die CoffeeCompany so nennt.

»Das da«, er deutet auf das braune Granulat, »wird dir guttun.« Und ehe ich widersprechen kann, löffelt er etwas davon in meine Tasse, gießt heißes Wasser darauf und rührt um.

»Aus dem Bach«, sagt er stolz und meint wohl das Wasser.

Das Brot ist etwas pappig, aber gar nicht schlecht. Es schmeckt nach Kräutern und vielleicht nach Pilzen, ich frage besser nicht nach. Außerdem habe ich Hunger. Wie sehr, das merke ich erst jetzt.

»Also.« Krons gießt heißes Wasser über die Blätter und rührt um. »Wo fange ich an …« Er schiebt sich ein Stück Brot in den Mund und kaut bedächtig.

»Also. Alma«, sagt er. »Alma ist so was wie der gute Geist unserer kleinen Gemeinschaft.« Er lacht. »Auch wenn das vorhin nicht so aussah. Alma kümmert sich um alles. Vor allem darum, dass wir unter uns bleiben und dass die CoffeeCompany unser Versteck nicht orten kann. Wenn jemand aus der Siedlung uns zufällig entdecken würde, sähe uns auch die Company. Spätestens nach der Rückkehr dieser Person.«

»Über die Bildschirme der Siedlung«, sage ich.

Krons nickt. »Ich habe Alma gesagt, dass du unsichtbar bist. Dass du ihren Kaffee und ihre Pillen lange genug nicht mehr nimmst.«

»Deswegen hat sie am Ende so … mild reagiert?«

»Nein.« Krons rührt die Blätter in seinem Tee um und nimmt einen Schluck. »Ich habe ihr noch etwas verraten. Etwas über dich, das ich dir noch nicht sagen darf.«

»Was willst du denn über mich wissen, das ich selbst nicht weiß?«

»Ich erzähl's dir, sobald es geht«, sagt er. »Versprochen.«

»Wie bald ist bald?«

»Das hängt auch von dir ab. Wie schnell du bereit bist, dich ihnen zu stellen.«

»Der CoffeeCompany?«

»Deinen Vorstellungen von Wahrheit«, sagt Krons. »Deinen größten Ängsten. Und ja, am Ende auch der CoffeeCompany.«

»Kleiner hast du's nicht?«

»Willst du Lia wiederhaben?«

»Was hat denn Lia damit zu tun?«

»Wirst du sehen. Also, wie sehr?«

»Mehr als alles andere.«

Krons hebt seine Tasse, will mit mir anstoßen. »Auf eine erfolgreiche Mission.«

Blech klackt gegen Blech, ich trinke einen Schluck. Der Kaffee schmeckt bitter, aber zusammen mit dem Brot geht es.

»Okay«, sage ich. »Wann fangen wir an?«

»Erst mal stelle ich dir die anderen vor.« Krons schiebt das Tablett in meine Richtung und überlässt mir das restliche Brot. »Wenn nur einer dir nicht traut, wird es schwierig.«

»Kein Problem«, schmatze ich. »Normalerweise fliegen mir die Herzen nur so zu.«

34

BEIM OFFIZIELLEN KENNENLERN-ESSEN, das laut Krons so etwas wie mein Initiationsritual darstellt, sitze ich in einer Runde mit ihm, Alma und vier weiteren Leuten. Während sie mir vorgestellt werden, blicke ich über den Kochtopf in unserer Mitte hinweg in ihre Gesichter.

Alma und Krons sind die Ältesten. Rechts von ihnen sitzen Morten und Liv, die etwa so alt sind wie meine Eltern, aber ich weiß nicht, ob sie ein Paar sind. Zu ihrer Linken kauern die Geschwister Penny und Tom, die etwas älter sind als ich. Alle haben in der Siedlung gelebt, alle haben ihre ganz eigenen Geschichten, die sie hergebracht haben. Krons hat sie mir erzählt, als wir noch in seinem Wohnwagen saßen. Seltsame Geschichten, von denen ich nicht weiß, ob ich sie glauben soll.

»Und dann habt ihr euch zufällig hier gefunden und zusammengetan?«, frage ich, um das Eis zu brechen, denn bisher starren alle entweder vor sich hin, rühren abwechselnd in dem Topf, von dem ein undefinierbarer Geruch aufsteigt, werfen einander Blicke zu oder beobachten mich, sobald sie denken, ich merke es nicht. Ich spüre das Lauernde, Misstrauische hinter jeder ihrer Gesten.

»Zufall.« Alma spuckt mir das Wort verächtlich vor die Füße. »Zufällig sitzen wir schon eine ganze Weile hier fest und warten. Und alles nur, weil dieser ...«

»Alma.« Morten fasst sie am Arm, aber sie lässt sich nicht bremsen.

»Ist doch wahr«, sagt sie. »Wenn dieser verbohrte alte Sturkopf uns nicht daran hindern würde, wären wir längst weg.«

»Und wahrscheinlich tot«, ergänzt Liv.

»Und genau das ist das Problem«, ruft Alma. »Dieses *wahrscheinlich*. Dass ihr seine Märchen glaubt. Dass keiner von euch den Mumm hat, selbstständig zu denken. Ihr seid der CoffeeCompany entkommen, nur um euch dem nächsten Verrückten anzuschließen. Lachhaft ist das.«

»Ja«, sagt Morten. »Vielleicht sind wir lachhaft. Aber lieber lachhaft als tot, da hat Liv schon recht. Und wer zwingt dich eigentlich, bei uns zu bleiben? Warum gehst du nicht, wenn's dir hier nicht passt?«

»Weil ich zufällig etwas habe, das euch allen abgeht, nämlich Gemeinschaftssinn. Weil ich will, dass wir zusammenbleiben. Dass wir es miteinander schaffen.«

Eine Weile schweigen alle, man hört nur noch das leise Brodeln in dem großen Topf. Um den Topf herum stehen Schalen, liegen Stücke von dem Brot, das ich schon bei Krons gegessen habe. Das Schweigen ist mir unangenehm, ich frage, was denn das Problem sei, der Wald sei doch groß genug, und für die CoffeeCompany seien sie sowieso unsichtbar, da könnten sie doch gehen, wohin sie wollten!

In Wahrheit verstehe ich nicht, warum sie überhaupt wegwollen, der Ort scheint mir ideal in seiner Geschütztheit, mit dem Platz, dem Bach und der Feuerstelle. Außerdem weiß ich nicht, wie sie die Hütten woandershin transportieren wollen.

Alle schauen Krons an, als sei er verantwortlich für das, was ich sage. Für das ganze Unglück, das ich über die Gemeinschaft bringe.

»Wir wollen nicht innerhalb des Waldes umziehen, Jonah«, erklärt Krons mit sanfter Stimme, in der etwas Nervöses mitschwingt: »Wir wollen nach draußen.«

»Zurück in die Siedlung?«, frage ich. »Aber ihr seid doch extra …«

Die anderen sehen auf eine Art zu Boden, die mich verstummen lässt.

»Wir wollen nicht zurück in die Siedlung«, sagt Krons. »Wir wollen ganz raus.«

»In die DraußenWelt?« Ich versuche zu begreifen, was hier gerade passiert, aber Krons kommt mir zu Hilfe: »Du glaubst vielleicht immer noch, dass es da draußen nichts mehr gibt. Wir aber vermuten, dass das nicht stimmt. Dass es gar keinen Krieg gab. Keine Zerstörung.«

»Wir vermuten, dass uns die CoffeeCompany hier gefangen hält«, übernimmt Tom, den ich zum ersten Mal etwas sagen höre. Seine Schwester nickt stumm, fast andächtig. Ihr weißes Gesicht, die nahezu farblosen Lippen, das leichte, unheimliche Lächeln, die halb geschlossenen Augen. Die beiden sind von einem sonderbaren Einvernehmen umhüllt. Bevor einer von ihnen etwas sagt, sucht er die Rückversicherung beim anderen. Krons hat mir im Wohnwagen erzählt, dass Penny und Tom mit irgendwelchen Frequenzen experimentiert hätten und dadurch in andere Realitätsebenen geraten sein wollen. Wie genau das passiert sein soll, hat er, glaube ich, selbst nicht verstanden.

»Aber warum sollte euch die CoffeeCompany hier gefangen halten, wenn ihr gar keinen Kontakt zur Siedlung habt und von euch keine Gefahr ausgeht?«

Liv schüttelt den Kopf. »Ihr alle«, sagt sie und starrt vor sich hin. »Ihr alle seid ihre Gefangenen. Nicht wir.«

Alma lacht. »Wir sind nur so lange gefangen, wie wir auf den da hören.« Sie macht eine flüchtige Bewegung hin zu Krons. »Unsere Grenzen sind in seinem Kopf.«

»Nein, Alma«, korrigiert Krons. »Die Gefängnismauern der Siedlung bestehen aus der Angst ihrer Bewohner. Angst vor dem

Wald. Angst vor dem See. Angst davor, nicht zu genügen. Anders zu sein als die anderen. Nicht glücklich genug zu sein für die Gemeinschaft. Du weißt doch, wie es funktioniert: Erst erzeugen sie Angst, dann nutzen sie die Angst, um ihre Pillen zu verkaufen, dann kapern sie nach und nach deine Gefühle, und am Ende ist die Siedlung bevölkert von Marionetten, die sich nach Belieben von der Company steuern lassen. Eine Horde von Zombies, die in der kollektiven Illusion leben, das glücklichste Volk auf Erden zu sein. Die einzigen Überlebenden, beschützt von der Güte und Gnade einer selbstlosen Institution.«

»Bravo.« Alma klatscht spöttisch. »Wenn du das alles so genau weißt, alter Mann, dann verrate uns doch bitte, warum du uns mit genau demselben Scheiß hinhältst? Warum machst du uns Angst vor der Welt da draußen, wenn du weißt, dass Angst hier als Machtinstrument benutzt wird?«

»Das hast du falsch verstanden, Alma.« Krons rührt in dem Topf. »Ich habe keine Angst vor der Welt da draußen. Bis heute hatte ich Angst vor dem See. Ich hatte Angst vor der Company und vor dem, was sie in der Lage ist zu tun.«

»Aber die CoffeeCompany kann euch doch gar nicht mehr sehen!«, sage ich, froh, auch etwas zur Diskussion beitragen zu können. »Ich habe selbst erlebt, wie ihre Systeme verrücktspielen, wenn man aufhört, ihren Kaffee zu trinken und die Pillen zu nehmen. Sie verlieren jeden Zugriff!«

»Die Company ist raffinierter, als du denkst«, sagt Krons. »Sie arbeiten seit Jahren an einem System, das sich gewissermaßen selbst reguliert. Das in der Lage ist, dich selbst zu deinem größten Feind zu machen.«

Ich warte auf eine Erklärung, aber es kommt nichts mehr. Außer dem Knallen und Knistern des Feuers und dem Brodeln im Topf ist es absolut still.

»Woher wisst ihr das alles«, frage ich. »Woher wisst ihr, wer die

CoffeeCompany ist und was sie will, wenn sie praktisch unsichtbar ist? Mal abgesehen von den komischen Leuten im MorningCall, die man niemals in echt sieht.«

Die anderen werfen sich Blicke zu, als würden sie sich gegenseitig fragen, ob sie mir das wirklich verraten sollen.

»Und warum sollte die CoffeeCompany einen solchen Aufwand betreiben, um die Illusion einer Welt aufrechtzuerhalten, die es überhaupt nicht gibt?«

Auf einmal kommt wieder Leben in die Runde.

»Tja, genau das ist die große Frage«, sagt Liv. »Warum sollte die CoffeeCompany das tun?«

Ich denke an das, was mir Lia mal im Scherz weiszumachen versucht hat und was ich fast geglaubt hätte, weil es so fatal zu der Albtraumvorstellung passt, die mich schon mein Leben lang begleitet: »Weil wir alle Teil eines großen Experiments sind?«

Ich sage das einigermaßen spöttisch, aber plötzlich ändert sich die Stimmung innerhalb der Gruppe. Es ist, als hätte ich unbewusst eine Hürde genommen.

»So in etwa«, sagt Morten vorsichtig. »Die Frage ist, warum die CoffeeCompany ein solches Experiment veranstalten würde. Die Antwort darauf ist der Schlüssel zur Wahrheit.«

»Aber ihr kennt doch die Wahrheit! Warum verratet ihr sie mir nicht einfach?«

»Ha!« Alma lacht wieder ihr hämisches Lachen. »Wahrheit! Der Einzige, der glaubt, die Weisheit mit Löffeln gefressen zu haben, ist der hier!« Sie deutet auf Krons, der jetzt anfängt, unsere Schalen mit dem Gebräu aus dem Topf zu füllen und reihum zu verteilen.

»Weil ich der Einzige bin, der lebend vom See zurückgekehrt ist, Alma. Der Einzige, der ihnen wirklich gefährlich werden kann.« Er macht eine Pause, während die Ersten ihr Brot in die Suppe tunken und essen. »Neben dem hier, natürlich.« Er nickt in meine Richtung. »Und damit kommen wir endlich zum Grund unserer kleinen Zusammenkunft.« Er sieht mich an, wie ein Vater seinen Sohn ansieht, er lächelt: »Jonah, wenn du uns jetzt bitte allein lassen würdest?«

Ich weiß nicht, was ich erwartet habe, aber nicht das. Ein wenig fühle ich mich wie ein Stargast, der nach der Begrüßung durch den Moderator aus dem Saal geschickt wird, statt die Bühne betreten zu dürfen. Erst denke ich noch, das Ganze ist ein Witz, aber als Krons mir eine Schüssel und ein Stück Brot in die Hand drückt und mir anbietet, beides in seinem Wohnwagen zu verzehren, stehe ich auf und lasse die anderen zurück. Ich steige die Stufen zu seiner Behausung hoch, lehne die Tür an und kauere mich in den Eingang, um Fetzen des Gesprächs aufschnappen zu können.

Eigentlich bin ich froh, der allgemeinen Aufmerksamkeit entkommen zu sein. Nicht mehr das Gefühl haben zu müssen, in einer Prüfung zu sitzen, deren Gegenstand ich nicht kenne. Ich versuche zu verstehen, was sie sagen, aber ich höre nur Krons' Stimme, ohne dass sich einzelne Worte aus seiner Rede herausheben würden. Immer wieder schwillt das Gemurmel der anderen an, manchmal verstehe ich ganze Sätze. Vor allem Alma wird oft laut, sie lacht und sagt: »Was soll das heißen, ohne den Jungen kommen wir hier nicht raus.« Und: »Hast du dir den mal angesehen? Der nimmt es ja nicht mal mit einem wie dir auf!«

Ihr Protest versinkt immer wieder in Krons' Beschwichtigungen, irgendwann verschwindet er ganz. Nur noch ein quengeliges »Das heißt trotzdem nicht, dass ich dich jetzt für zurechnungsfähig halte« ist von ihr zu hören, etwas später eine Art übereinstimmendes Brummen von allen, dann nähern sich Schritte.

Schnell setze ich mich im hinteren Teil des Wagens auf eine der Matratzen und sehe mit gespielter Überraschung von meiner Schüssel auf, als Krons im Türausschnitt erscheint.

»Geschafft«, flüstert er, und ich hoffe, dass das einen weiteren Schritt in Lias Richtung bedeutet.

35

»WEISST DU«, sagt Krons, als es schon dunkel ist und wir beide auf unseren Matratzen liegen, »wir planen schon sehr lange, den Wald zu verlassen. Nur war bisher die Zeit dafür noch nicht reif. Aber ich habe mich immer schwerer getan, die anderen hinzuhalten.«

Ich höre, wie Krons sich anders hinlegt, starre in die Dunkelheit und warte darauf, dass er weiterspricht.

»Wir waren gerade an einem Punkt, an dem es nicht mehr ging. Die anderen wollten raus, um jeden Preis. Aber ich wusste, dass ich sie dann ins Verderben laufen lasse.«

»Die DraußenWelt ist doch gar nicht so, wie alle in der Siedlung sagen, dachte ich. Kein Krieg, keine Zerstörung ...«

»So weit hätten sie es gar nicht geschafft«, höre ich Krons. »Spätestens am See wär Schluss gewesen.«

»Der See liegt in nur einer Richtung hinter dem Wald. Ihr hättet an jeder anderen Stelle rausgekonnt.«

»Nein«, sagt Krons. »Es ist egal, wo du in den Wald gehst, du kommst immer am See raus. Irgendwie verändert der Wald Zeit und Raum. Oder zumindest das Empfinden davon.«

»Klar«, lache ich. »Als Nächstes erzählst du mir wahrscheinlich noch, dass du mich gar nicht in den Wald verschleppt hast, nachdem du mich bewusstlos geschlagen hast ... sondern dass ich einfach die Orientierung verloren habe.«

»Ich habe *was*?« Er klingt ernsthaft irritiert.

»Ach komm, Krons. Du bist zwar nicht mehr der Jüngste, aber Erinnerungsverlust nehme ich dir nicht ab.«

Ich höre ihn seufzen. »Junge, mir ... ist an dem Abend die Hand ausgerutscht, ja. Aber du bist weder bewusstlos geworden, noch habe ich dich irgendwohin geschleppt.«

»Willst du damit sagen, ich habe mir auch das nur eingebildet?«

»Ehrlich, Jonah, was immer dir an dem Abend noch passiert ist, ich habe nichts damit zu tun. Weil wir uns nach diesem ... Zwischenfall sehr bald getrennt haben.«

»Unsinn«, sage ich.

Krons scheint zu überlegen. »Du bist bewusstlos geschlagen worden und irgendwann im Wald aufgewacht, sagst du ...«

»Ja.«

»Dann frag dich doch mal, wo deine Verletzungen sind. Warum dein Kopf nicht voller Beulen, dein Gesicht nicht grün und blau und deine Haut nicht abgeschürft ist. Warum deine Knochen nicht geprellt und deine Rippen nicht gebrochen sind. Denn solche Dinge passieren, wenn man bewusstlos über harten Waldboden mit Wurzeln und Steinen geschleift wird. Abgesehen davon: Hast du mich mal angesehen? Glaubst du wirklich, ich wäre in der Lage, dich auch nur ein paar Meter weit zu tragen oder hinter mir herzuziehen?«

»Dann sag du mir doch, was passiert ist.«

Wieder seufzt Krons. »Das ist ein bisschen schwierig.«

»Kann ich mir vorstellen.«

»Im Moment muss es reichen, wenn ich dir sage, dass in dem Wald etwas ist, das manchmal ... sagen wir: ziemlich verwirrend sein kann.«

»Und möglicherweise hört dieses Etwas auf den Namen Krons?«

Er lacht nicht, sondern macht irgendwas mit seinem Bettzeug.

»Jedenfalls führt kein Weg an dem See vorbei«, sagt Krons schließlich. »Wer rauswill, muss sich dem See stellen.«

Der helle, fadenscheinige Vorhang an dem kleinen Fenster in Krons' Wagen bewegt sich leicht, und ich frage mich, wo plötzlich der Wind herkommt.

»Aber was hab ich mit dem Ganzen zu tun?«, frage ich. »Du verkaufst mich den anderen als eine Art Retter, und ich weiß nicht mal, was es mit diesem See auf sich hat!«

»Das weiß niemand, Jonah. Selbst ich nicht, und ich bin der Einzige, der gesehen hat, was der See mit dir macht. Der Einzige, der nicht mit diesem Wissen verschollen ist.«

Eine Weile höre ich nur sein Atmen in der Finsternis. Ich frage mich, ob Krons einfach einschlafen und mich mit meinen Fragen allein lassen würde. Als er doch weiterspricht, klingt seine Stimme anders. Düsterer.

»Ich vermute, es war so etwas wie ein Unfall«, sagt er. »In dem See ist etwas entstanden, das außer Kontrolle geraten ist. Etwas Mächtiges. Unheimliches.«

»Ein Monster?«, frage ich spöttisch. Und als er nicht antwortet: »Du glaubst, ausgerechnet ich, Jonah Schlosser, der größte Angsthase aller Zeiten, nimmt es mit einem Monster auf?«

»Ich würde es nicht Monster nennen«, sagt Krons. »Ich habe keine Ahnung, was genau es ist, aber irgendwie schafft es der See, dir zu zeigen, wie du gedacht bist. Jedenfalls fühlt es sich so an. Als würdest du deine Aufgabe sehen. Deinen persönlichen Plan.«

Er schweigt eine Weile. Ich warte auf eine Erklärung, die ich verstehe, er sagt: »Vielleicht erschrickst du vor dem, was der See dir zeigt. Aber in Wahrheit bist du das Monster. In Wahrheit siehst du nur, wozu du dich im Lauf deines Lebens entwickelt hast.«

»Ich kapier kein Wort«, sage ich. »Klingt aber total verrückt.«

Krons lacht. »Was erwartest du? Ich war Lehrer für Religion und Philosophie. Das ganze schlimme Zeug, von dem euch die CoffeeCompany mehr und mehr befreit, weil Glauben und selbstständiges Denken ins Verderben führen. Bringen sie euch das immer noch so bei?«

»Sie zeigen sogar Katastrophenfilme, um uns daran zu erinnern, wie furchtbar die Welt war, bevor die CoffeeCompany uns gerettet hat.«

Krons lacht bitter. »Das ganze Drama des Menschseins ... kein Thema mehr, dank CoffeeCompany.« Seine Decke raschelt leicht. »Die Christen haben übrigens einen Namen für das, was der See ist. Sie nennen es Fegefeuer. Jüngstes Gericht. Der See lässt dich dem begegnen, der du sein solltest.«

Ich starre so lange in die Finsternis, bis ich glaube, dass sich die Dunkelheit zu etwas Materiellem verdichtet.

»Krons? Wenn du der Einzige bist, der je von dort zurückgekehrt ist«, sage ich und stelle eine Frage, die schon lange in mir ist: »Was hast du gesehen?« Ich flüstere, ich habe Angst vor der Antwort. »Was hat der See dir gezeigt?«

»Das ist nicht ganz einfach«, sagt er. »Ein Teil davon ist sehr persönlich, und ich werde dir nicht alles auf die Nase binden, was ...«

»Krons«, sage ich.

»Also gut.« Er seufzt. »Ich habe dich darin gesehen, Jonah.« Noch während er die Worte ausspricht, weiß ich, dass ich wusste, dass er genau das sagen würde. »Der See hat mir dich gezeigt.«

Ich liege ganz still, rege keinen Muskel. Etwas hält mich umklammert. Etwas Eisiges, das mir eine Gänsehaut macht, am ganzen Körper. Ich wage kaum, zu atmen.

»Was soll das heißen«, bringe ich schließlich hervor.

»All die Jahre habe ich darauf gewartet, dass du mir begegnest.«

Ich schüttele den Kopf. »Das kann nicht sein. Das meinst du nicht ernst.«

Ich höre Krons leise lachen. »Macht das einen Unterschied? Ändert das irgendwas an dem, was du tun wirst?«

»Du weißt, was ich tun werde?«

»Natürlich weiß ich das! Du bist verliebt, Jonah, du hast dein Mädchen verloren. Ich könnte dir irgendwas erzählen, du würdest mir alles glauben.«

»Und was werde ich tun?«, frage ich.

»Alles, Jonah. Du würdest alles tun. Weil die Alternative immer ist, nichts zu machen und damit leben zu müssen, Lia nicht wiederzusehen. Verstehst du? Am Ende ist es vollkommen egal, ob du mir glaubst, solange ich dir sage, dass du nur die Chance hast, mir zu vertrauen.«

Ich spüre, dass ich wütend werde. Weil er recht hat.

»Du willst damit nicht wirklich sagen, dass ich zum See muss, oder?«

»Nicht allein«, sagt er. »Ich begleite dich.«

In meinem Kopf läuft alles durcheinander. Eine schwarze Welle der Angst erfasst mich.

»Krons?«, frage ich. »Ist es möglich, dass auch ich in diesem See verschwinde?«

»Ganz ehrlich, Jonah.« Er seufzt. »Ich weiß nicht, was geschehen wird. Ich weiß nur, was ich gesehen habe. Und wenn ich dem glauben darf, was der See mir gezeigt hat, bist du so etwas wie … der Schlüssel. Für mich. Für Alma und die anderen. Und natürlich für Lia und dich.«

»Und ganz nebenbei erlöse ich auch noch die Siedlung von der CoffeeCompany? Durch einen mutigen Blick in den Zauberspiegel-See?«

Krons lacht plötzlich so laut, dass ich Angst habe, er weckt die anderen. Er hört gar nicht mehr auf zu lachen, er ringt immer wieder nach Luft. »Du gefällst mir, Junge«, bringt er schließlich hervor. »Aber im Grunde hast du vollkommen recht. Ziemlich genau so ist es.«

Ich muss an das denken, was Lia mir über die Wahrheit von Geschichten erzählt hat. Dass im Grunde alles aus Geschichten besteht und man sich nur entscheiden muss, an welche man glaubt. Weil sie in dem Moment wahr wird. Aber was Krons da gerade erzählt, ist keine Geschichte. Das ist ein Märchen.

»Krons?« Ich muss schlucken, weil sich meine Angst vor dem, was ich ihn fragen will, plötzlich real anfühlt, Märchen hin oder her. »Kann ich dabei sterben?«

Lange sagt er nichts. Ich starre weiter in die Finsternis, sehe den Vorhang, der sich bewegt oder nicht bewegt und vielleicht nicht mal ein Vorhang ist.

»Erst mal wird geschlafen«, sagt er. »Ans Sterben denken wir morgen.«

36

ALS ICH AUFWACHE, ist Krons nicht mehr da. Seine Decke liegt gefaltet auf der Matratze, der Vorhang ist aufgezogen, das Fenster steht offen. Von draußen dringt ein Geruch nach Feuer herein und nach dem Brot, das alle hier essen, morgens, mittags, abends. Ich schaue hinaus, sie sitzen zusammen, sie murmeln und kauen und winken.

»Komm zu uns«, ruft Krons, selbst Alma lächelt mir zu, und da weiß ich, dass heute ein besonderer Tag sein muss.

Als ich in ihrer Runde sitze, fragt Krons, ob ich noch mal zurück in die Siedlung will.

»Bevor was?«, frage ich.

»Bevor es losgeht«, sagt Krons, und die anderen lächeln auf eine Art, dass ich ein Ziehen im Magen spüre.

Ich denke an das sonderbare Verhalten der Siedlungsbewohner. An meine Eltern, die wie ausgetauscht waren. Die flackernden Bildschirme. Ich habe mich in der Siedlung immer wie ein Außenseiter gefühlt, aber jetzt bin ich ein Fremder. Ich gehöre nicht mehr dorthin, ich trinke ihren Kaffee nicht und schlucke keine Pillen. Ich habe nie gedacht wie sie, aber wenn ich jetzt noch einmal zurückgehe und jemand mitbekommt, wie die Bildschirme auf mich reagieren, bin ich in Gefahr.

»Und wann geht es los?«, frage ich.

»Wann immer du bereit bist«, antwortet Alma, so sanft, dass ich noch mehr Angst bekomme.

»Wir warten hier«, sagt Penny, und Liv ergänzt, sie hätten jetzt schon so lange gewartet, da könnten wir uns ruhig Zeit lassen. Alle sehen mich irgendwie betreten und leicht schuldbewusst an, wie man vielleicht ein Lamm ansehen würde, von dem jeder außer ihm selbst weiß, dass es geopfert werden soll.

»Warum also nicht gleich nach dem Frühstück?« Ich zucke die Schultern mit gespielter Lässigkeit, um mir selbst zu beweisen, dass es sich tatsächlich um keine große Sache handelt. »Einmal zum See, das Portal für euch öffnen und dann nichts wie raus hier, oder?«

Ich klinge wie ein Idiot, und ich weiß es, aber den anderen scheint es zu gefallen. Wenn sie je daran gezweifelt haben, dass ich der Richtige für den Job bin: Diese Zeiten sind vorbei.

Krons starrt mich an. Es tut gut zu sehen, dass ihm jetzt selbst etwas mulmig wird, und weil alle auf eine Antwort warten, sagt er: »Klar, warum nicht, ich kann dir das Nötige auch unterwegs erklären.« Er müsse nicht viel packen, mein Rucksack sei ja mit Vorräten noch gut gefüllt. Er zwinkert mir zu, doch sein Blick verrät, dass er ganz genau weiß, wie sehr ich mich zusammenreiße. Dass ich es nur schnell hinter mich bringen will, weil jede weitere Vorbereitung, jedes Sprechen über das, was uns am See erwarten könnte, die Angst nur schlimmer macht.

Die nächsten Minuten erlebe ich wie in Trance. Jeder Handgriff, jede Bewegung fühlt sich an, als müsste ich nur noch eine Form ausfüllen, einen Raum, der vorher genau dafür geschaffen wurde. Alles geht leicht, für einen Moment sind die Dinge an ihrem Platz. Und als wir mit unserem Gepäck die Stufen des Wohnwagens runtergehen, an den anderen vorbei, die uns nacheinander Glück wünschen, fühle ich mich tatsächlich wie der Held, den Krons anscheinend in mir sieht.

37

DIE BLICKE DER GRUPPE im Rücken zu spüren. Ihr Hoffen und Bangen, während wir aufbrechen, um es mit unbekannten Gefahren aufzunehmen. Die Gemeinschaft zu verlassen. Langsam außer Sichtweite zu geraten.

Erst als mir bewusst wird, wohin wir eigentlich gerade unterwegs sind, bekomme ich wieder Angst, empfinde ich das Gewicht des Rucksacks als Last. Trotzdem schaffe ich es, noch eine ganze Weile hinter dem schweigenden Krons herzulaufen, mich von den Gedanken an Lia tragen zu lassen, von zwei hingekritzelten Strichmännchen mit einem vielleicht nicht ernst gemeinten Herz drum herum und dem Gefühl der Schwerelosigkeit, wenn sie bei mir ist.

»Krons!«, rufe ich, weil er noch immer nichts sagt, obwohl er mir doch unterwegs alles Wichtige erklären wollte. »Sag mir wenigstens, warum du mich an dem Abend geohrfeigt hast!« Oder: »Krons! Woher weißt du eigentlich, dass Lia noch lebt! Wie soll ich mich denn auf die Mission vorbereiten, wenn du überhaupt nichts erzählst!«

Der Rhythmus meiner Schritte ist monoton geworden, das Gehen zu einem Automatismus, der mich zusehends körperlos werden lässt. Ich frage, wie weit es noch ist, ob wir vielleicht endlich mal eine Pause machen können.

Wir laufen über Grund, der mal dunkel und weich ist, dann wieder steinhart, durchsetzt von knorrigen Wurzeln. Dichte, fast urwaldartige Gebiete wechseln sich ab mit unverhofften Lichtungen und sogar Abschnitten, in denen eine blasse Sonne minutenlang über uns steht, ununterbrochen von Blättern, Wipfeln, Zweigen.

»Krons!« Ich versuche, ihn einzuholen, doch sobald ich schneller werde, ist es, als käme auch er rascher vorwärts, obwohl sich sein Tempo nicht zu verändern scheint. »Krons, bitte!«

Wir sind inzwischen in einem niedrigen, dichten Nadelwald angekommen, wir müssen uns ducken, damit unsere Gesichter nicht zerkratzt werden, es ist so finster, dass sich meine Augen erst an die Dunkelheit gewöhnen müssen.

»Krons, ich kann nicht mehr, ich brauch eine Pause!«

Plötzlich sehe und höre ich ihn nicht mehr. Ich bleibe stehen, lausche auf das Geräusch seiner Schritte, auf das Knarzen und Knacken zurückgebogener Äste, das Kratzen von Nadeln an seiner Kleidung, doch ich höre nur eine Stille, die so präsent ist, dass meine Ohren fiepen.

»Krons, ich sehe dich nicht mehr, ich geh jetzt zurück und warte vor dem Waldstück auf dich!«

Stille.

»Krons, wo bist du?«

Er muss mich hören. Er war die ganze Zeit vor mir.

Wenn ich weiterlaufe, gehe ich möglicherweise in die falsche Richtung und entferne mich von ihm. Bleibe ich stehen, kann es sein, dass er mich nicht findet. Also drehe ich um. Krons ist auf mich angewiesen, nicht ich auf ihn. Er kann es sich nicht leisten, mich zu verlieren.

Meinem Empfinden nach sind wir nicht mehr als ein paar Minuten in diesen Bereich des Waldes vorgedrungen, aber noch sehe ich kein Licht hinter den Bäumen. Ich fange an zu schwitzen, obwohl es kühl ist, arbeite mich gekrümmt da hin, wo ich die letzte Lichtung vermute. Zweige schlagen mir ins Gesicht, kratzen an meinem Rucksack, verhaken sich im Stoff meiner Kleidung. Unsichtbare Klauen reißen mich nach rechts, nach links, in krachendes Dickicht, auf moosigen Grund. Ich trete auf etwas Weiches, Organisches, ist das ein Tier, zertrete ich gerade etwas Lebendiges?

Als ich begreife, dass ich mich verlaufen habe, rufe ich noch einmal, nach Krons, nach Lia, doch meine Stimme wird gedämpft von schweren Nadelarmen. Je verzweifelter ich mich bewege, desto schlimmer wird es, also bleibe ich stehen und lausche, versuche, nicht daran zu denken, dass ich auf ewig eingeschlossen bleiben könnte in diesem Wald, dass ich, gebückt und frierend, mich nicht mal irgendwo hinsetzen könnte, zu dicht wuchern Wurzeln und Flechten, dass ich, in Gestrüpp verfangen, von der Schwerkraft meines Rucksacks nach unten gezogen, wie die Karikatur des ewigen Verlierers enden würde: zum Fragezeichen gebogen.

Seht, was übrig geblieben ist von eurem Retter! Du hattest recht, Alma, ihr alle hattet recht. Traumschlosser, der ewige Spinner, Witzfigur bis in den Tod.

Krampfhaft versuche ich, mich auf das Fiepen in meinen Ohren zu fokussieren, mich aus dem Strudel ewig gleicher Gedanken zu ziehen, als ich plötzlich merke, dass das Geräusch aus dem Wald kommt. Der gleiche hohe Ton, den ich schon zweimal gehört habe. Etwas Vertrautes. Ich schließe die Augen, konzentriere mich ganz auf diesen Ton, bis ich nichts anderes mehr höre.

Ich muss wieder klar im Kopf werden. Einen Plan entwickeln. Nur ein paar Minuten den Rucksack absetzen, die Schultern von dem Gewicht befreien.

Ich setze mich auf mein Gepäck, lehne mich an einen Stamm.

Gab es da nicht diesen Trick? Mit Moos oder mit Pilzen? An welcher Seite des Baumes war welche Himmelsrichtung, wenn das Moos wo wuchs? Konnte man in der Schule nicht ein einziges Mal etwas lernen, mit dem man auch etwas anfangen konnte?

Ich schließe die Augen. Lasse meinen Kopf gegen den Stamm sinken und merke auf einmal, wie müde ich bin. Nur eine Minute. Nur eine winzige, süße Minute mich dem Schlaf überlassen. Auf den Schwingen dieses Tons fliegen. Hoch. Höher.

38

ES GIBT VERSCHIEDENE ARTEN von Dunkelheit. Die Sorte, in der ich erwache, hat nichts Tröstendes.

Mein rechtes Bein ist eingeschlafen, mein Rücken tut weh. Es dauert eine Weile, bis ich wieder weiß, wo ich bin. Wie idiotisch muss man sein, mitten in einem Wald einzuschlafen, aus dem man jetzt ganz bestimmt nicht mehr herausfindet?

Der Ton ist weg. Oder ich höre ihn nicht mehr, weil sich meine Wahrnehmung schon so an ihn gewöhnt hat, dass sie die Frequenz einfach ausblendet. Stattdessen ist da etwas anderes, ein pulsierendes Geräusch, das mich geweckt haben muss, blechern und rau. Dazu ein schwaches Blitzen in der Ferne, hinter den Bäumen, das synchron zu dem Geräusch wieder erstirbt.

Eine Jahrmarktfigur, deren Mechanismus von einem Tier ausgelöst wurde? Warum platziert die CoffeeCompany hier eine Figur? Entweder die Gestalten dienen gar nicht der Abschreckung, oder jemand anderes als die CoffeeCompany hat sie dort hingestellt. Aber wer macht sich die Mühe, Strom hierherzulegen, um etwas zu betreiben, das wahrscheinlich kein Mensch je sehen wird?

»Krons«, rufe ich, »bist du das?«

Ich lausche in die Dunkelheit, aber es bleibt still.

Was auch immer da ist, ich muss nachsehen. Wenn du ein Angsthase bist und die Wahl hast zwischen Geisterbahnmonstern und den Monstern in deinem Kopf, wirst du immer die Geisterbahn wählen.

Ich wuchte den Rucksack hoch, streife die Gurte vorsichtig über Arme und Schultern, als könnte mich das leiseste Geräusch eher verraten als mein Rufen.

Lächerlich, Schlosser. Du bist lächerlich.

Unter jedem Schritt knackt es. Nadeln quietschen über den Stoff meiner Kleidung, während ich mich in die Richtung vorarbeite, aus der das Blitzen kam. Äste schlagen mir ins Gesicht, ich kann immer noch nicht aufrecht gehen, stolpere mal einen halben Schritt, dann wieder zwei Schritte vorwärts durch die Dunkelheit.

Eigentlich müsste ich längst da sein. So weit weg war das Blitzen nicht.

Du entfernst dich bloß weiter von deinem Ziel, Schlosser. Mit jeder Bewegung machst du alles nur schlimmer. Was, wenn die Nacht bald vorbei ist, und du merkst es nicht mal, weil der Wald immer dichter wird? Wenn es dein Schicksal ist, den Rest deines Lebens durch unendlichen schwarzen Raum zu irren?

Plötzlich ein Blitzen, ein hässlich schepperndes Lachen, ein glänzend buntes Plastikgesicht.

Ich hätte nie gedacht, dass etwas, das einen zu Tode erschrecken soll, Erleichterung auslösen kann. Ich bin kurz davor, die Hexe zu tätscheln wie den Kopf eines braven Pferdes, als ich eine Bude sehe, die immer wieder aus der Finsternis auftaucht: das Kassenhäuschen einer Geisterbahn, an dem die Hexe wie eine Galionsfigur angebracht ist.

Als das Lachen und Blitzen erstirbt, hampele ich durch die Finsternis, bis es wieder anspringt, dann öffne ich die Tür an der Seite des Häuschens und trete ein. Da ist tatsächlich ein Mikrofon. Es gibt keinen Mucks mehr von sich, aber an dem Mikrofon ist ein Lämpchen, und das funktioniert. Das Licht ist nicht besonders hell, doch es reicht, um mich orientieren zu können.

Vor dem Mikrofon steht ein alter Stuhl. Ich schiebe ihn zur Seite, es klingt hohl unter den Rollen, und tatsächlich ist auch in diesem Boden eine Tür eingelassen, mit einem Ring zum Aufziehen.

Halten sie Lia vielleicht wirklich da unten gefangen?

Ich lasse den Rucksack zu Boden fallen, stelle mich breitbeinig vor den Ring und ziehe mit ganzer Kraft. Die Tür ist schwer, sie lässt sich gerade so weit anheben, dass ich eine Rolle des Stuhls in den Spalt bekomme. Ich lasse den Ring los, schiebe das Fußgestell nach, hebele die Klappe so weit hoch, dass ich mich davorhocken und die Tür mit beiden Händen aufstemmen kann, bis sie den Kipppunkt überwindet und auf der anderen Seite krachend zu Boden schlägt.

Es riecht komisch. Eine sonderbar schwarze Kälte steigt aus dem Schacht, der Lärm verhallt in der Finsternis. Ich stehe auf und drehe das Mikrofon so, dass die Lampe in das Loch leuchtet.

Eine Treppe. Stufen, die steil in die Tiefe führen.

»Lia?«, rufe ich, zaghaft erst, doch als ich höre, wie es aus dem Abgrund zurückhallt, wie sich meine Stimme an den Wänden bricht, brülle ich ihren Namen in die Finsternis dieser bodenlosen Schwärze, bis das Echo meiner eigenen Stimme mich zu verhöhnen scheint, *Li-aa, Iiiii-Aaaaaa, Iiiii-Aaaaaa*. Klar, Schlosser, der Esel warst immer schon du, aber jetzt kannst du zeigen, dass du kein Angsthase bist. Hier an dieser Treppe kannst du beweisen, dass du mehr draufhast als Zweifel und verquere Gedanken, das ist nämlich langweilig, Schlosser, darauf hat keiner mehr Lust, und du selbst auch nicht, stimmt's?

Auf allen vieren beuge ich mich über das Loch, versuche zu ermessen, wie tief es ist, setze einen Fuß auf die oberste Stufe und klettere langsam nach unten.

Was für ein Geruch ist das? Kälte … Weihrauch … Metall? Die Wände strahlen eine steinerne Eisigkeit ab, ich habe das Gefühl, in eine schwarze Wolke zu steigen, die etwas Unverständliches flüstert. Ich steige tiefer, und gerade als ich von dem Schauder der

Vorstellung gepackt werde, jemand könnte die Tür da oben zuschlagen und mich auf ewig einschließen in Finsternis und Kälte, flammen von unten plötzlich Lichter auf, entlang makellos weißer Wände. Nur auf den ersten Metern sah das Loch aus wie ein alter Brunnenschacht, erdig und unbehauen, von moosigen Steinen durchsetzt. Jetzt projiziert ein Flackern wie von Flammen zuckende Muster an die geschliffenen Wände unter mir, und als ich fast ganz unten bin, wird es tatsächlich wärmer.

Ich werfe noch einen Blick zurück zu dem schwarzen Rechteck über mir, da schiebt sich mit einem Rattern langsam eine Platte von links nach rechts. Es quietscht und rasselt wie von Ketten, dann bin ich eingeschlossen.

Komischerweise habe ich keine Angst. Weil ich hoffe, dass ich mit Lia hier unten gefangen bin. Ich rufe noch mal ihren Namen, und plötzlich hallt es fast gar nicht mehr. Ich steige die letzten Stufen hinab und glaube tatsächlich, das Knistern eines Kaminfeuers zu hören.

»Langweilig!«, ruft jemand in einiger Entfernung.

Ich kenne diese Stimme.

»Lia?«

Ich stehe in einer Art Höhlensystem, einem grob verputzten Gewölbe, das sich labyrinthisch verzweigt.

»Lia, bist du hier?«

»Kalt«, antwortet die Stimme, die jetzt aus einer anderen Richtung zu kommen scheint, »ganz kalt.«

Etwas wabert durch die Gänge wie schwerer dunkler Rauch, aber es ist durchsichtig und geruchlos und erschwert auch nicht das Atmen.

Was ist das für eine Substanz?

Je weiter ich in das System vordringe, desto tiefer werde ich eingesogen von der flackernden Landschaft. An den Wänden brennen Fackeln, es ist, als wäre ich im Bauch eines lebendigen Wesens, als seufzte das Gewölbe tief von innen heraus, ein Ton, den ich nicht höre, aber im ganzen Körper spüre wie das Vibrieren eines Basses.

»Wärmer«, höre ich die Stimme, »noch wärmer«, als ich weiter in ihre Richtung gehe und schließlich in einem Raum bin, den ein riesiger leuchtender Salzkristall in sanftes, schwach rosafarbenes Licht taucht. Ich erkenne Schränke voller Bücher, einen Sekretär und einen Schaukelstuhl in der Ecke, der sich leicht bewegt.

»Heiß«, sagt die Stimme aus dem Schaukelstuhl, und als ich mich über die knarzenden Holzbohlen langsam nähere, dreht sich jemand um.

»Dass wir uns so schnell wiedersehen ...«

Es sind Lias Augen. Fast.

»Dolly«, sage ich, »was ...«

Sie lächelt. »Was ich hier mache? Ist das deine einzige langweilige Frage, mysteriöser Hängemattenjunge?«

Keine Ahnung, was an mir mysteriös sein soll, aber mir gefällt, wie sie das sagt. Das Licht in dem Raum ist dunkel, sie trägt ein schwarzes Kleid oder eine Art Kimono, ich kann das nicht genau erkennen.

»Ich zum Beispiel frage dich nicht, wie du hierhergekommen bist«, sagt sie. »Obwohl ich wirklich allen Grund dazu hätte.«

»Was ist das hier«, frage ich, »ein Spa oder so was?«

»Sag du's mir.« Sie lächelt immer noch. »Was, glaubst du, ist das hier?«

»Keine Ahnung«, sage ich. »Die geheime Kommandozentrale der CoffeeCompany?«

Sie breitet die Hände zu beiden Seiten wie ein Priester und legt den Kopf schräg.

»Ist das dein Ernst?« Ich kann es nicht glauben. »Dann arbeiten du und deine Eltern wirklich für die Company? Darum sieht euer Haus so aus?«

»Was immer du glauben willst, ist wahr, neugieriger kleiner Jonah.«

Ich überlege, ob ich ihr verraten habe, wie ich heiße, aber die Frage kommt mir sofort lächerlich vor gegen all die anderen Fragen in meinem Kopf.

»Niemand kennt jemanden von der CoffeeCompany«, sage ich. »Niemand von denen wohnt in der Siedlung. Niemals sieht man einen von ihnen auf der Straße.«

»Wir sind gerade ziemlich weit unten, oder? Außerdem würdest du dich wundern, wer alles dazugehört.«

»Niemand, den ich kenne«, sage ich. »So viel ist sicher.«

»Und was ist mit deinen Lehrern?«, fragt sie. »Deinen Nachbarn? Deinen Eltern?«

Ich muss lachen. »Meine Eltern haben ein Haus wie alle anderen auch, mit Kaffee aus der Leitung und all den ...«

»Ich stelle bloß Fragen«, unterbricht sie mich. »Es ist nämlich so, dass es mit der CoffeeCompany oft anders ist, als man denkt.«

»Oh, das kann ich mir vorstellen«, sage ich und ziehe meine Jacke aus. »Warum ist es hier eigentlich so heiß?«

»Vielleicht kochen wir hier unten den ganzen Kaffee? Vielleicht sind wir gerade in einer riesigen Kaffeemaschine?«

Sie ist irre, keine Frage.

»Überzeug dich selbst«, lacht sie und tänzelt vor mir her. »Finde deine eigene Wahrheit!«

»Und du?«

»Ich komm mit, wenn du willst.« Sie steht auf und nimmt meine Hand, zieht mich zurück ins Reich des Zwielichts. Tanzende Schatten schaffen immer neue Räume, Schemen huschen an uns vorbei, von denen ich nicht weiß, ob das Lebewesen sind, zu vage ist das Licht in diesem Labyrinth, in dem ich mich bald nicht mehr orientieren kann. Leichtfüßig, fast spielerisch verliere ich mich in diesem wabernden Organismus.

Dolly wird schneller. Ich muss laufen, um sie nicht zu verlieren, sehe ihre Schulter um die nächste Ecke wischen, immer verwinkelter werden die Gänge, immer rascher geht sie voran.

»Dolly«, rufe ich, »wo gehen wir denn hin!«, doch ich höre nur ihr leise glucksendes Lachen, das auch noch da zu sein scheint, wenn sie längst woanders ist.

Sie verschwindet hinter einem Vorhang, und als ich den Stoff mit beiden Armen teile, ist es stockfinster. Ich stehe in einem Kino, vor einer großen Leinwand, auf der ein Film läuft. Bei einem Schwenk über eine sonnige Landschaft wird es heller im Raum, ich sehe, dass etwa ein Drittel der Plätze belegt ist, dass es keinen anderen Ausgang gibt und dass Dolly nicht da ist. Ich setze mich ans Ende einer Reihe und warte. Vielleicht habe ich sie nur übersehen.

Der Film handelt von einem Jungen, der seine Ferien zum ersten Mal ohne Eltern verbringt, in einem anderen Land. Er wird sich in ein Mädchen aus dem Dorf verlieben, das ist bald klar, wegen der Blicke zwischen den beiden und weil die Leute aus dem Dorf ihre Gesichter verziehen und in einer Sprache miteinander tuscheln, die der Junge nicht versteht.

Die Bilder werden schwarz-weiß. Eine Rückblende. Der Junge streitet mit seinen Eltern vor einer hoch aufragenden Kirche. Er sieht verloren aus, das mächtige Gemäuer bedeckt den Himmel fast ganz. Der Junge schlägt die Hände vors Gesicht und rennt in einen Wald, verläuft sich zwischen Bäumen in der Finsternis. Ein Huschen, plötzlich, eine Bewegung im Vorhang. Ich springe auf, dem Schatten hinterher, folge ihm durch die Gänge, bis sich ein zentrales Gewölbe vor mir öffnet, von dem aus weitere Gänge abzweigen. In der Mitte steht ein massiver Tresen, der an die Rezeption eines Hotels erinnert, auch weil dahinter ein uniformiertes Mädchen sitzt. Sie kommt mir bekannt vor, sie blättert versunken in einem großen, schweren Buch mit goldenen Beschlägen und scheint mich nicht zu bemerken.

Ich bleibe ein paar Schritte vor ihr stehen. Ich überlege, woher ich sie kenne. Eine Strähne fällt ihr ins Gesicht, und als sie auf diese bestimmte Art den Kopf bewegt und gleichzeitig Luft nach oben pustet, weiß ich es.

»Emilia?«, frage ich und trete nah an den Empfangstresen.

»Emilia Knox?«

Mit dem Zeigefinger fährt sie mehrfach eine Stelle in dem Buch nach, dann hebt sie langsam den Blick, der genauso kalt, genauso sezierend ist wie der, mit dem sie mich in der Klasse betrachtet. Falls sie mich betrachtet. Normalerweise vermeidet sie jeden Kontakt zu mir.

Emilia Knox sieht mich mit ihrem Insektenforscherblick an und fragt, ob ich einen Termin habe.

»Haben Sie einen Termin?«, fragt sie, und ich zucke zurück. Nicht nur, weil sie mich siezt, weil sie mich nicht erkennt und weil sie wirklich so etwas wie eine Empfangsdame zu sein scheint, sondern, weil ich die dezente goldene Kaffeebohne an ihrem Revers bemerke.

»Bist du ... gehörst du ... ich meine, gehörst du jetzt irgendwie zur CoffeeCompany, oder was?«

Sie schaut wieder in das Buch, als könnte sie die Antwort darin finden. Sie blättert vor und zurück und streicht schließlich wieder mit dem Zeigefinger über eine Stelle, einen Satz, der sie zufriedenzustellen scheint.

»Wenn Sie keinen Termin haben, muss ich Sie jetzt bitten zu gehen.«

»Emilia, was ist das hier?«, frage ich, um nicht *Schluss mit dem Unsinn* sagen zu müssen. »Ich weiß, dass wir nicht unbedingt beste Freunde sind, aber wir treffen uns gerade in einem Höhlensystem unter dem Wald, hier passieren echt seltsame Dinge, und du trägst diese Bohne. Ich finde, da könnten wir ruhig ...«

Sie schlägt das Buch mit einer solchen Wucht zu, dass ich den

Luftstoß im Gesicht spüre. Emilia springt auf, umrundet den Tresen, mustert mich von oben bis unten.

»Sie sind gar kein Bewerber«, empört sie sich, und ich weiche ein paar Schritte zurück, »Sie kommen von den Verrückten!«

Da erst bemerke ich den Bildschirm, der in den Empfangstresen eingelassen ist, ein Monitor, auf dem eine große goldene Bohne sich langsam um sich selbst dreht. Sie funkelt und blitzt. Nein, sie blitzt nicht, die Form wird für den Bruchteil einer Sekunde an einigen Stellen nach rechts und nach links auseinandergerissen.

»Ihr macht Fotos«, stammele ich. »Ihr versucht immer noch, Fotos von mir zu machen.« Die Bohne löst sich weiter auf, bis auf dem Bildschirm nur noch goldenes Gegrießel zu sehen ist. »Deswegen denkst du, ich bin einer von den Verrückten. Weil ihr kein klares Bild von mir bekommt.«

Ich gehe um den Tresen herum, versuche, in das Buch zu sehen. »Und das da«, sage ich, aber sie legt ihren Oberkörper schützend darüber, »ist bestimmt auch ein Monitor. Und du bist keine Zeilen mit deinem Finger nachgefahren, du hast auf dem Bildschirm gewischt, um Sachen über mich herauszufinden.«

»Gehen Sie, oder ich lasse Sie entfernen.«

»Ach ja, und dieses Kino.« Ich merke, dass ich langsam in Fahrt komme, dass es gegen die Angst und die Unsicherheit hilft, mich in eine künstliche Empörung zu schrauben. »In dem Kino laufen Seelenfilme, oder? Erinnerungen, Gefühle, die ihr den Leuten geraubt habt.«

»Schluss!«, ruft sie, und ich muss lachen, weil mir plötzlich klar wird, wie absurd es ist, Emilia Knox uniformiert in der geheimen Kommandozentrale der CoffeeCompany zu treffen. Emilia Knox, die so tut, als sei sie jemand anderes, während ich etwas von Seelenfilmen fasele. Dabei sind wir eigentlich nur zwei Teenager, die zufällig in dieselbe Klasse gehen und sich nicht besonders gut leiden können.

»Keine Sorge«, sage ich. »Wenn du mir verrätst, wo Lia ist und wie wir hier rauskommen, bin ich sofort weg.«

Das Mädchen, das in der Siedlung Emilia Knox ist, lächelt. »Du bist so ein Loser, Schlosser. Du hast echt keine Ahnung, oder?«

Eine Sekunde lang verschlägt es mir die Sprache. Ich war kurz davor, zu glauben, dass sie sich wirklich nur sehr ähnlich sind oder dass Emilia eine Zwillingsschwester hat.

»Wo ist Lia«, frage ich.

»Wo ist Lia, wo ist Lia ...« Sie tippt sich an den Kopf. »Hier drin ist deine Lia, Schlosser. Nur in deinem Kopf. Aber das weißt du eigentlich, oder? Dass sich dein ganzes Leben immer nur hier drin abgespielt hat. Ich meine, wer kann sich ein Mädchen ausdenken, das freiwillig Zeit mit dir verbringen würde?«

»Okay.« Ich merke, dass mir schwindelig wird: »Sag mir, wie ich hier rauskomme.«

»Wie du hier rauskommst?« Sie lacht wieder ihr Emilia-Knox-Lachen: »Du warst doch noch gar nicht drin! Niemand kommt in den innersten Kreis, wenn ich es nicht will, das müsstest du eigentlich wissen.«

»Die CoffeeCompany ist nicht, was du denkst, Emilia.«

»Hörst du dich reden, Schlosser? Weißt du, wie du klingst?«

Ich seufze. »Wie ein Verrückter?«

»Wie der Verrückte, der du immer warst. Und jetzt hör auf, meine Zeit zu stehlen.«

»Und wenn ich einen Termin habe?«

»Netter Versuch.«

»Und wenn ich es dir beweise?«

»Du hast keinen Termin, das würde ich sehen.«

»Würdest du nicht. Eure Monitore können mich nicht mehr lesen. Wenn ich dir sage, ich habe einen Termin, musst du mir glauben. Das ist deine Aufgabe.«

Und dann gehe ich einfach weiter und frage mich, warum mir

die Idee erst jetzt kommt. Warum mir erst jetzt klar wird, dass sie gar keine Macht über mich hat. Sie kann den Einlass kontrollieren und Unberechtigten den Zutritt untersagen. Aber sie darf ihren Aufgabenbereich nicht verlassen, um mich an irgendetwas zu hindern.

Seit sie verschwunden ist, war ich Lia nicht mehr so nah. Ich werde mich jetzt bestimmt nicht von Emilia Knox aufhalten lassen.

Ich höre noch ein paar »Schlosser, was soll das«- und »Schlosser, bleib stehen«-Rufe hinter mir, aber vor allem höre ich, wie sehr sie mir das nicht zugetraut hat. Ganz kurz gibt mir das ein Superheldengefühl, und diesmal hat es nicht einmal direkt was mit Lia zu tun.

39

ICH KOMME IN EINEN BEREICH, von dem mehrere Räume sternförmig abgehen. Die Eingänge sind mit Stoffen verhängt, hinter denen bläuliches Licht flackert. Ich sehe mich um, dann schiebe ich einen der Vorhänge zur Seite und blicke in einen Raum, der nur aus Monitoren besteht. Es sind keine normalen Bildschirme, sondern etwas, das ich noch nie gesehen habe. Wie selbstklebende Folien passt sich das Material den Wölbungen der Wände und Decken an, die flexiblen Elemente bedecken den Raum lückenlos, mit Ausnahme des Bodens.

Jeder Monitor zeigt Bewohner der Siedlung beim MorningCall. Bis auf die tonlos flackernden Bildschirme ist der Raum leer, nicht mal ein Stuhl steht darin. Ich ducke mich durch einen Übergang und gelange in ein weiteres Gewölbe voller flackernder Bilder, das wiederum in den nächsten Raum übergeht. Auch die Tunnel zwischen den Räumen sind mit Bildschirmen ausgekleidet, das ganze System erinnert an die Unterwasserwelt in den Katakomben unseres zoologischen Gartens, eine Landschaft komplett aus blauem Licht.

Jeder Raum scheint einem anderen Lebensbereich gewidmet. Dem Gewölbe mit den MorningCall-Szenen folgt ein Bereich, in dem nur Passanten auf der Straße zu sehen sind, die sich umdrehen, stehen bleiben. Der nächste Raum zeigt ausschließlich Leute beim HealthCheck, in den nächsten Gewölben kann man Kinder und Jugendliche in ihren Klassen beobachten, Erwachsene bei der

Arbeit. Ich sehe Siedlungsbewohner beim Rasenmähen, Heckeschneiden, Unkrautzupfen, beobachte sie, während sie sich unbeobachtet fühlen. Wie sich ihr Gesicht verändert, wenn jemand vorbeikommt. Diesen Wechsel zwischen totaler Leere und dem maskenhaften Siedlungslächeln.

Ein ganzes Gewölbe zeigt Menschen, die lautlos schreien. Der nächste Raum ist der Angst gewidmet. Es folgen Trauer, Wut, Freude, Schmerz, jeder Bereich scheint eine andere Emotion auszustellen.

»Hallo!«, rufe ich und erschrecke vor meiner Stimme, die so sehr nicht hierhergehört, dass ich mich frage, ob ich vollkommen den Verstand verloren habe, ausgerechnet im Allerheiligsten der CoffeeCompany rumzuschreien und auf mich aufmerksam zu machen. Doch schon setzt sich das Echo durch die Räume fort, schon synchronisiert meine Stimme all die stumm schreienden Gesichter.

Wie konnte die CoffeeCompany diese Aufnahmen machen? Die Bilder stammen allesamt aus dem Inneren der Häuser, wo sich die Bewohner unbeobachtet fühlen und niemand eine Kamera vermutet.

Ich laufe weiter, fliehe vor dem Echo meiner eigenen Stimme, bemühe mich, den Bildern keine Beachtung zu schenken. Durch immer neue Tunnel ducke ich mich in immer neue Kammern, will endlich den Ausgang finden, als ich plötzlich meinen Eltern gegenüberstehe. Überlebensgroß setzen sie sich wie ein Mosaik aus flexiblen Monitoren zusammen, nebeneinander auf ihrem Sofa, fast doppelt so groß wie ich. Sie scheinen auf etwas zu warten.

Ich flüstere eine Begrüßung, aber meine Eltern starren mich nur an, als hätte ich etwas verbrochen. »Tut mir leid«, höre ich mich sagen. »Ich weiß, dass ich nicht unbedingt der geworden bin, den ihr euch erhofft habt. Na ja. Vermutlich sind wir einfach aus anderen Welten. Ich meine, ihr seid meine Eltern, aber ich habe euch nichts zu sagen. Und ihr mir auch nicht, oder?«

Keine Regung in ihren Gesichtern. Beide starren weiter geradeaus, die Münder leicht geöffnet, und da begreife ich, dass sie gar nicht mich ansehen, sondern den Fernseher vor ihnen. Während mir das klar wird, fährt die Kamera zurück, bis sie hinter der Frontscheibe ist. Bis ich meine Eltern durch das Glas sehe, blass, schemenhaft. Langsam verschwinden sie, und über das verschwindende Bild unseres Wohnzimmers blenden sich helle kleine Punkte. Erst denke ich an eine Bildschirmstörung, dann begreife ich, dass das Sterne sind.

Ich schwebe durch die Dunkelheit, umgeben von winzigen Lichtpunkten. Der Raum um mich herum ist mein Helm, ich sehe durch sein Visier, und gerade als ich mich frage, wie die Coffee-Company das macht, fühle ich mich tatsächlich schwerelos, obwohl meine Füße immer noch auf dem Boden stehen.

Mir wird schwindelig. Ich will endlich hier raus. Ich wende mich um und sehe vor mir einen weiteren Astronauten. Er schwebt auf mich zu, bis sein Visier nur noch eine Armeslänge entfernt ist.

»Was siehst du?«, fragt eine Stimme. Es ist das Erste, was ich höre, seit ich bei den Bildschirmen bin. Ich erschrecke, weil die Frage von allen Seiten kommt, weil ich nicht geahnt habe, dass es hier Lautsprecher gibt, und weil das Lias Stimme ist, weil sie laut und klar und überall ist.

»Was siehst du?«, wiederholt ihre Stimme, und ich fange an zu zittern.

»Dich«, sage ich. »Ich sehe dich, direkt vor mir.«

»Falsch«, sagt sie. »Was siehst du?«

Ich weiß nicht, was sie meint. Ich weiß nicht, warum sie so anders ist, warum sie sich nicht freut. Warum sie mir nicht sagt, wo ich sie finde, statt komische Fragen zu stellen.

»Keine Ahnung«, sage ich, »das Weltall? Einen anderen Astronauten im Weltall? Lia, warum ...«

»Wieder falsch«, sagt sie. »Du siehst dich. In der Spiegelung des anderen Helmes, von dem du denkst, es ist meiner, siehst du nur dich.«

Zum ersten Mal schaue ich wirklich hin. Sie hat recht, ich sehe den Helm des einen Astronauten gespiegelt im Visier des anderen Astronauten.

»Gut«, sage ich. »Von mir aus. Ich sehe mich. Sagst du mir jetzt, wo du bist?«

»Ich bin direkt vor dir.«

»Ich meine hier unten, in der wirklichen Welt. Wo haben sie dich hingebracht?«

»Sag mir erst, wo du bist.«

»Lia, was soll das. Wenn wir hier raus sind, können wir gerne wieder Wahrheit oder Lüge spielen, aber ...«

»Wo bist du?«

»Ich bin hier«, seufze ich, »ganz in deiner Nähe. In diesem unterirdischen Irgendwas.«

»Wo bist du wirklich?«

»Vor einer Reihe von Bildschirmen? In einer Simulation, die extra für uns gemacht wurde? Woher soll ich wissen, ob ich überhaupt hinter diesem Helm bin? Ich meine: Siehst du mein Gesicht? Oder siehst du nur deine Spiegelung? Ich sehe nur meine Spiegelung, aber ich höre deine Stimme. Und diese Raumanzüge. Woher weißt du, dass das nicht bloß leere Hüllen sind?«

»Weißt du es denn?«

»Ich weiß nicht, was die Fragerei soll.«

»Es ist wichtig, Jonah. Es ist wichtig, dass du die Frage richtig beantwortest, um zu mir zu kommen.«

»Welche Frage?«

»Was siehst du? Jetzt?«, fragt sie, und dann ist sie weg.

40

WENN DU SCHON dein ganzes Leben lang über die Möglichkeit nachdenkst, in einer Simulation zu leben. Teil eines gigantischen Experiments zu sein. Dann glaubst du das nicht wirklich. Du hast nur Angst davor. Eigentlich ahnst du, dass der Grund für dieses seltsame Gefühl der Fremdheit, das tiefe Misstrauen gegenüber der Welt der Erwachsenen, nicht das Leben da draußen ist. Du ahnst, dass die Fremdheit *in dir* ist. Dass du vielleicht wirklich der verschrobene Spinner sein könntest, für den dich alle halten. Vielleicht gefällst du dir sogar in der Rolle. Du gegen die Welt, fühlt sich das nicht auch großartig an? In den besten Geschichten werden schließlich nie die Beliebtesten zu Helden, sondern die Außenseiter.

Du machst es dir bequem in deiner ganz persönlichen Mischung aus Selbstmitleid, Menschenfeindlichkeit und der speziellen Aura des seltsamen Typen, der seine Besonderheit wie einen Schild vor sich herträgt, um die Welt auf Abstand zu halten. Doch dann passiert etwas Unerwartetes: Du bekommst plötzlich den Beweis, dass du *wirklich* in einer Art Modellversuch lebst. Dass du die ganze Zeit recht hattest.

Auf einmal bist du nicht mehr der Freak mit dem schrägen Weltbild, sondern der Held, der es immer geahnt hat. Der jetzt als Einziger die Wahrheit kennt. Von heute auf morgen fühlt es sich falsch an, weiter in der kuscheligen dunklen Ecke bei den anderen zu stehen, die keiner ernst nimmt. Weil es jetzt deine Aufgabe ist, ins Licht zu treten. Verantwortung zu übernehmen. Zum ersten Mal in deinem Leben bist du derjenige, der es richten muss. Und wenn du schon dieser Auserwählte bist, dann verkriechst du dich nicht unter deiner Bettdecke und hoffst, dass es keiner merkt. Dann rettest du eben die verdammte Welt. Und hältst dich nicht mit Kleinigkeiten wie gekränktem Stolz auf.

Vielleicht haben sie Lia einen Zettel gegeben, von dem sie die Fragen ablesen musste? Vielleicht war das ein Test, für was auch immer? Jedenfalls: Wenn dieser Budenzauber der Versuch war, Jonah Schlosser von seinem Kurs abzubringen, das ging nach hinten los. Ich weiß jetzt nämlich, dass Lia noch am Leben ist. Dass ihr sie festhaltet. Ich muss sie nur noch finden.

Ich will gerade durch den Tunnel weiter in den nächsten Raum, als ich merke, dass es gar keinen Tunnel mehr gibt. Dass ich in einer Sackgasse bin.

Die Sterne werden dunkler. Ich taste mich an den Wänden entlang, einmal, zweimal durch den ganzen Raum. Das kann nicht sein. Ich muss den Gang verfehlt haben, durch den ich gekommen bin.

Noch einmal durch das Gewölbe, noch tiefer an der Wand entlang. Kein Tunnel. Der Übergang, durch den ich hereingekommen bin, ist weg.

Ruhig bleiben, denke ich. Es muss eine Erklärung geben. Auch wenn mir gerade keine einfällt.

Ich drücke gegen eine der Monitorfolien. Sie gibt etwas nach, aber der Bildschirm bleibt dunkel. Kein Flimmern, kein Flattern.

Mit den Fingern versuche ich, hinter die Fläche zu kommen, eine Ecke zu fassen. Ich schlage die Faust dagegen. Zweimal, dreimal. Keine Veränderung. Trete mit voller Kraft gegen ein paar Bildschirmpads. Wenn ich hier etwas zerstöre, denke ich, werden sie schon kommen.

»Hallo!«, rufe ich, ohne Hoffnung, dass mich jemand hört.

Hallo!
Hallo!
Hallo!
Ein Echo wie aus dem Schacht eines Brunnens. Das Echo meiner eigenen Stimme.
»Hilfe!«, rufe ich, um sicherzugehen, dass ich mich nicht getäuscht habe.
Hilfe!
Hilfe!
HIlfe!
Das geht nicht. Das muss ein Effekt der versteckten Lautsprecher sein, unter mir gibt es keinen Schacht.
Vielleicht kann ich mit dem Echo sprechen. Wie eben mit Lia – oder ihrer Stimme, was immer das war.
»Wo bin ich?«, rufe ich.
Bin ich?
Bin ich?
Bin ich?
Der Klammergriff einer massigen Eisigkeit, die sich tief aus dem Inneren schwerer Mauern speist. Es riecht muffig, plötzlich, nach altem Wasser und feuchtem Moos. Was für eine Technik schafft es, eine Illusion so perfekt zu erzeugen, dass ich wirklich daran zweifele, was ich weiß: dass ich in einem unterirdischen Raum voller Monitore bin und nicht in einem gammeligen Brunnenschacht?

Ich schließe die Augen und öffne sie wieder. Kein Unterschied. Nur diese allumfassende Schwärze.

Ich stoße Laute aus, kleine Kiekser. Das Echo verhallt weit unter mir. Ich lausche in die nachfolgende Stille und meine das Geräusch des Raumes um mich herum wahrzunehmen, ein tiefes, ewiges Raunen, das alles durchdringt.

Was zur Hölle ist das?

Ich spüre immer noch Boden unter mir, aber meine Wahrnehmung macht mir vor, dass es den Raum, den ich bei Licht gesehen habe, von dem ich genau weiß, wie er beschaffen ist, nicht geben kann. Die Simulation hat sich in beeindruckender Geschwindigkeit vor die Wirklichkeit geschoben.

»Was siehst du?«

Siehst du?

Siehst du?

Siehst du?

Lias Stimme, ihre Frage von eben, sie ist überall, hallt durch den Raum, in meinem Kopf.

»Lia!«

I-a!

I-a!

I-a!

Stille.

»Ich sehe nichts!«, rufe ich in das dutzendfach widerhallende Echo: »Gar nichts!«

Nichts!

Ichts!

Ichs!

Und dann erhalte ich tatsächlich eine Antwort: Gelächter. Erst von einer Stimme, dann von zweien, dreien, vieren. Das Lachen schwillt an, wird lauter, hämischer, vielstimmiger. Rufe lösen sich aus dem Chor: »Schlosser!«, »Spinner!«, »Wach mal auf!«

»Traum! Schlosser! Traum! Schlosser! Wach! Endlich! Auf!«

Das Rufen und Lachen steigert sich, wird unerträglich, greift mit Fingern nach mir, die tief und schmerzhaft in meinen Körper dringen. Ich krümme mich, die Hände an die Ohren gepresst.

»Aufhören!«, brülle ich.

Aufhören!

Aufhören!

Aufhören!

kommt es zurück. Doch diesmal ist es nicht das Echo meiner Stimme. Sie imitieren mich. Äffen mich nach. Ihre Stimmen fallen über mich her, ich gehe in die Knie, kauere mich an den Boden, presse die Augenlider zu, rolle mich zusammen. Ein Kind, in Erwartung des nächsten Schlages.

»Schluss jetzt!«

Scharf schneidet eine Stimme das Gelächter ab. Wie Luftschlangen fällt das Echo zu Boden und verraschelt leise.

Ich blicke auf.

Das ist nicht nur seine Stimme.

Das ist nicht nur eine Projektion.

Das ist tatsächlich Herr Doktor Freitag, der leibhaftig hier im Raum ist.

»Na, Schlosser?« Er kommt auf mich zu, reicht mir die Hand. »Das hast du ja wieder mal prächtig hinbekommen.«

Ich weiß nicht, was er meint, es ist mir auch egal. Genauso egal wie die Frage, wie er hier reingekommen ist, in diesen Raum ohne Tür.

Die Monitore ringsum zeigen jetzt unseren Klassenraum. Nein, ich *bin* in unserem Klassenraum. Ich kauere neben meinem Tisch am Boden, als wäre ich vom Stuhl gefallen. Der Platz neben mir ist leer.

»Na komm.«

Ich nehme Herrn Doktor Freitags Hand, lasse mir aufhelfen.

»Wo warst du bloß wieder mit deinen Gedanken? Wenn das so weitergeht, verträumst du noch dein ganzes Leben, hm?«

Gelächter.

Sie alle sind da, meine ganze Klasse. Sie sehen mich an. Herr Doktor Freitag lacht mit ihnen.

Sobald ich aufrecht vor ihm stehe, packt er mit der Faust den Stoff über meinem Brustbein und dreht das Handgelenk.

»Jemanden wie dich können wir hier nicht gebrauchen, Schlosser. Einen Spinner, der nur Ärger macht und Gespenster sieht. Wie hieß noch unsere neue Mitschülerin? Lena?«

Kreischendes Lachen.

»Vielleicht unterrichtet bald der Weihnachtsmann bei uns Geografie, hm? Ich bin sicher, zu solchen Leuten hast du einen ganz besonderen Draht: Weihnachtsmann, Osterhase, vielleicht sogar zum lieben Gott selbst, hm, Schlosser?«

»Schlosser?«

Er rüttelt meine Schultern mit beiden Händen. Wie bei einem Schlafenden, der nicht anders wach zu bekommen ist.

»Jonah?«

Ansatzlos holt er aus und schlägt mir mit voller Kraft ins Gesicht.

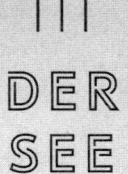

III
DER
SEE

41

»JONAH?«

Ich öffne die Augen. Über mir ist Krons. Hinter Krons sind Bäume.

Ich brauche eine Weile, um zu begreifen. Meine Wange brennt. Mein Kopf schmerzt.

»Junge«, sagt Krons – oder die Simulation von Krons? –, »was machst du denn für Sachen.«

Ich bin zurück im Wald. Es sieht wirklich aus, als wäre ich zurück im Wald.

»*Ich* bin nicht der, der einfach verschwunden ist, wenn du das meinst«, sage ich und versuche gleichzeitig, mich aufzurichten. Ob Krons nun eine Projektion ist oder nicht, ich bin froh, ihn zu sehen.

»Ich bin nicht verschwunden«, sagt er. »Ich war die ganze Zeit bei dir.«

»Wie auch immer«, seufze ich und versuche, mir die Erleichterung nicht anmerken zu lassen. »Sind das alles Monitore?« Ich deute in den Wald ringsum.

Krons sieht mich an, als hätte ich sie nicht mehr alle: »So hart habe ich dich jetzt auch nicht geschlagen.«

»*Du* warst das?« Ich fasse es nicht. »Scheint eines deiner liebsten Hobbys zu sein. Erstaunlich für jemanden, der seine letzte Hoffnung in mir sieht. Willst du herausfinden, wie robust ich bin?«

»Was sollte ich denn tun?« Krons wirkt ernsthaft verärgert. »Du lagst reglos im Unterholz und hast nicht mehr reagiert. Ich hatte Angst, dass du tot bist, Junge!«

Ich klopfe mir den Waldboden von der Kleidung. »Echte Erde«, sage ich und atme den Geruch der Nadelbäume. »Echte Bäume.« Ich tätschele einen Stamm. Mein Lächeln ist wohl so idiotisch, dass Krons besorgt verspricht, mich nie wieder zu schlagen.

»Ich weiß nicht, wie du es geschafft hast, mich da rauszuholen«, sage ich, »aber ich bin wirklich beeindruckt.«

»Jetzt mal langsam.« Krons sieht mich an, als fiele ihm neben *Er hat den Verstand verloren* plötzlich noch eine weitere Möglichkeit ein, was mit mir los sein könnte. »Ganz von vorn, Jonah. Was genau ist passiert?«

Ich zucke mit den Schultern und erzähle ihm, wie er plötzlich weg war. Wie ich mich verlaufen habe, wie ich im Wald eingeschlafen bin und mitten in der Nacht das Häuschen gefunden habe, den Eingang zu dem unterirdischen System. Ich erzähle ihm von dem unsichtbaren Etwas in den Gängen, das sich wie zäher, dunkler Rauch angefühlt hat. Ich erzähle, wem ich in den Katakomben begegnet bin. Dass ich es schließlich geschafft habe, in ein Labyrinth aus Illusion und Projektion vorzudringen, das sich am Ende um mich herum verschlossen und mich gefangen gehalten hat. Auch von Lia und ihrer rätselhaften Frage erzähle ich ihm.

Krons lacht. »Und du glaubst wirklich, dass ... wie hieß sie noch? Deine Klassenkameradin?«

»Emilia Knox.«

»Du glaubst wirklich, dass Emilia Knox die Gralshüterin der CoffeeCompany ist? Gewissermaßen die Vorzimmerdame zum Zentrum der Macht?«

Nein, glaube ich eigentlich nicht. Aber ich habe so einiges nicht geglaubt, bevor es da unten passiert ist.

»Ich weiß, was ich gesehen habe«, antworte ich und klinge trotziger, als ich will.

»Gut«, sagt Krons. »Dann kannst du Lias Frage ja das nächste Mal beantworten.«

»Wenn du mir nicht glaubst, dann erzähl mir doch deine Version. Willst du mir wirklich weismachen, dass wir die ganze Zeit beisammen waren, dass ich irgendwann einfach umgefallen bin und mir das alles nur zusammenfantasiert habe?«

»Du hast recht.« Krons schüttelt den Kopf. »Ich könnte es mir leicht machen und dir sagen, dass alles nur in deinem Kopf passiert ist. Aber so einfach ist es nicht.«

»Eine einfache Erklärung für das da unten kann ich mir auch nicht vorstellen.«

Krons sieht mich an. »Wenn ich dir erzähle, dass du das alles wirklich erlebt hast, dass es aber trotzdem auf andere Weise real war als die Bäume hier um uns herum, klingt das verrückt?«

»Nicht verrückt genug«, sage ich.

»Gut. Es ist nämlich so, dass wir schon seit Jahren die Zentrale der CoffeeCompany unter dem Wald vermuten. Wir wussten nur nie, wo genau sie ist.«

»Überall«, sage ich schnell. »Wenn das da unten so groß ist, wie ich vermute, ist die CoffeeCompany unter dem ganzen Wald. Und in jeder dieser komischen Buden gibt es einen Zugang.«

»Buden?«

»Von dem alten Jahrmarkt. Dosenwerfen, Schießen, Geisterbahn. Diese Buden.«

»Ah.« Krons sieht mich verständnislos an.

Ich ziehe die Brauen zusammen. »Ihr lebt seit Jahren in dem Wald, und dir ist nie eine der Buden aufgefallen?«

»Ich muss nachdenken«, sagt Krons, und es dauert wirklich eine Weile, bis er weiterspricht. »Würdest du sie mir zeigen, wenn du das nächste Mal eine davon siehst?«

»Die sind kaum zu übersehen«, sage ich. »Aber wenn du drauf bestehst: klar. Jedenfalls ist Lia irgendwo da unten, und ...«

»... du musst zu ihr. Natürlich. Dann verlieren wir besser keine Zeit.«

»Genau«, sage ich. »Suchen wir die nächste Bude und finden einen Weg nach unten.«

»Nein.« Krons schüttelt den Kopf. »Wir gehen immer noch zum See. Wenn du Lia retten willst, musst du zur Spiegelung. Wo du eben warst, hast du keine Chance. Da unten entwickeln sie ihre Monster. Und denen entkommst du nicht.«

»Also, ich hab da unten kein Monster gesehen. Und außerdem stehe ich gerade vor dir: allen denkbaren Monstern entkommen.«

Krons seufzt. »Weil die CoffeeCompany dich noch braucht, Jonah.«

»Mich?« Ich muss lachen. »Wozu sollte die allmächtige CoffeeCompany einen Typen wie mich brauchen?«

Krons blickt zu Boden. »Komm, Junge. Wir müssen weiter.«

Er setzt sich in Bewegung, ich bleibe stehen.

»Wozu brauchen sie mich, Krons?«

Er dreht sich um. Wartet, bis ich ihn erreicht habe. »Um mich zu finden«, erklärt er. »Weil ich der Einzige bin, der von dem See zurückgekommen ist. Der Einzige, der ihr Geheimnis kennt. Sie wissen, dass du sie zu mir führen wirst.«

»Aber hier ist keiner«, sage ich. »Niemand ist mir gefolgt.«

»Du warst lange genug da unten. Sie konnten einen kompletten Abdruck von dir machen, sie kennen dich jetzt bis in die kleinste Gemütsregung. Glaub mir, sie sehen, dass du bei mir bist.«

»Einen Abdruck?«

»Stell es dir vor wie ein Gipsduplikat. Ein Doppel von deiner Gedanken- und Gefühlswelt. Von deiner Seele, wenn du so willst. Sie haben dich eingelesen, und jetzt können sie dich in Ruhe studieren. Um dann etwas zu entwickeln, das dich zerstören soll.«

»Hört sich verlockend an.«

»Ich erzähle dir das, weil es wichtig ist, dass du verstehst, woran sie arbeiten. Nur wenn du ihre Waffen kennst, kannst du ihnen einen Schritt voraus sein.«

»Habe ich dir schon mal gesagt, dass du klingst wie ein schlechter Film, Krons?«

»Mehrfach.«

»Okay. Du klingst wie alle schlechten Filme gleichzeitig.«

»Ich gebe mir Mühe.«

Ich seufze. »Was sind das für Waffen?«

»Sie kreieren dein ganz persönliches Monster. Deinen schlimmsten Albtraum.«

»Ich hab doch schon gesagt, es gibt da unten keine Monster. Abgesehen von meinen Eltern vielleicht. Und ein paar anderen Leuten aus der Siedlung.«

»Ich rede nicht von Monstern, die du sehen kannst. Ich rede von der perfekten Waffe. Alma sagt, es ist unmöglich, die Dinger zu besiegen.«

»Was hat denn Alma damit zu tun?«

»Sie hat für die CoffeeCompany gearbeitet. Vor sehr langer Zeit. Das ist der Grund, warum sie manchmal so empfindlich reagiert. Sie weiß, wozu die Company in der Lage ist.«

»Aber dann muss sie doch wissen, wo die Zentrale ist!«

»Als Alma der Company den Rücken gekehrt hat, war die Struktur noch eine andere – und die Wächter waren ein streng geheimes Programm.«

»Die Wächter?«

»So haben sie es damals genannt. Sie wollten Aufpasser, die auf die Furcht der Siedlungsbewohner reagieren. Um sie vom See fernzuhalten. Jeder Bewohner sollte seinen persönlichen Todfeind bekommen. Ein Schattenselbst, das sich aus Angst speist: Je größer deine Angst, desto mächtiger dein Schatten. Wie gesagt, es ist die perfekte Waffe. Nur war die CoffeeCompany damals noch nicht so weit, sie umzusetzen.«

»Und jetzt?«

Krons schweigt lange.

»Weißt du«, sagt er schließlich, »die CoffeeCompany war nicht immer das, was sie heute ist. Angefangen hat alles vollkommen anders.«

Einen Moment lang nimmt mir das den Atem. Die CoffeeCompany ist eine Art Naturgesetz, und jetzt angedeutet zu bekommen, dass alles ganz anders sein könnte, ist, wie begreifen zu müssen, dass die Sonne eigentlich blau ist.

»Alma sagt, die CoffeeCompany wurde von einem Wissenschaftler gegründet, der durch Zufall auf eine seltsame Substanz gestoßen ist«, fährt Krons fort.

»So wie dieser Typ, der eines Tages im Labor aus Versehen LSD entdeckt hat?«

»So in etwa. Nur, dass unser Typ nicht im Labor saß, sondern mit Freunden einen Waldspaziergang gemacht hat. Und plötzlich war einer von ihnen weg. Als hätte er sich in Luft aufgelöst.

Die anderen haben natürlich gedacht, er sei nur mal kurz in die Büsche. Doch als er nicht wiederaufgetaucht ist, haben sie den Boden untersucht. Sie fragten sich, ob ihr Freund vielleicht eingebrochen, in eine Grube, einen unterirdischen Schacht gefallen sein konnte. Aber mit dem Boden war alles in Ordnung.«

»Haben sie ihren Freund wiedergefunden?«

»Ja. An einer vollkommen anderen Stelle. Er stand plötzlich vor ihnen, als sie die Suche schon aufgegeben hatten und auf dem Rückweg waren, um die Polizei zu rufen. Er sah zwar aus wie der Freund, mit dem sie in den Wald gegangen sind, war aber wie ausgewechselt. Vollkommen durcheinander. Hat wirres Zeug geredet von irgendwelchen Höhlen, in denen er angeblich gewesen ist.«

»So wie ich.«

»Ein bisschen wie du. Natürlich hat ihm niemand geglaubt. Aber der Wissenschaftler wollte herausfinden, was geschehen war. Also hat er seinen Freund untersuchen lassen. Sein Blut, seine Organe. Sogar das Gehirn.«

»Aber man hat nichts Außergewöhnliches gefunden.«

»Alles vollkommen normal. Keine seltsamen Substanzen, keine Strahlung, keine Schädigung in dem Bereich des Hippocampus, der für die Wahrnehmung von Zeit und Raum zuständig ist.«

»Und dann?«

»Der Wissenschaftler ließ nicht locker. Die anderen aus der Gruppe hatten sich so lange gegenseitig versichert, dass ihr Freund wohl einfach die Orientierung verloren haben musste, bis alle die Geschichte glaubten. Doch der Wissenschaftler wusste, dass Leute nicht einfach so vor seinen Augen verschwinden. Und er war entschlossen, der Sache auf den Grund zu gehen.«

»Er kehrte in den Wald zurück?«

»Mit einem kleinen Team und kompletter Ausrüstung. Sie gingen zu der Stelle, an der sein Freund verschwunden war. Sie untersuchten das Umfeld auf elektromagnetische Strahlung. Radioaktivität. Sogar ein Wünschelrutengänger war dabei.«

»Wieder nichts?«

»Ein vollkommen normaler Wald. Das Team war schon auf dem Rückweg, als doch noch etwas geschah.«

»Lass mich raten: Es verschwand wieder jemand.«

»Ja. Der Weg.«

»Wie meinst du das?«

»Sie fanden den Weg nicht mehr. Sie kamen an Stellen, die sie auf dem Hinweg nicht gesehen hatten.«

»Sie hatten sich einfach verlaufen!«

»Ein ganzes Team bodenständiger Wissenschaftler, das kollektiv die Orientierung verliert?«

Ich zucke mit den Schultern. »Was soll sonst passiert sein?«

»Das wussten sie selbst nicht. Aber irgendwann kamen sie an einen See.«

»Unseren See? Am Waldrand?«

»Den See, zu dem zwangsläufig alle Wege hinführen, ja. Dort stießen sie auf die Substanz.«

»Warte«, sage ich. »Hast du nicht gesagt, du bist der Einzige, der je von dort zurückgekehrt ist?«

»Ja.«

»Dann kann es die Geschichte gar nicht geben. Wenn außer dir keiner den See überlebt hat, kann auch niemand von dem Wissenschaftler erzählen, der dort angeblich etwas entdeckt hat.«

»Du vergisst, dass der See damals ein anderer war«, sagt Krons.

»Okay.« Ich runzele die Stirn. »Was war das für eine Substanz?«

»Der Wissenschaftler hat plötzlich gemerkt, dass er alles wie durch Schleier wahrnimmt. Milder, irgendwie gedämpfter. Dabei war er bekannt für seinen Jähzorn. Dass sie im Wald nichts entdeckt hatten und dann nicht mal den Weg zurück fanden, hat ihn rasend gemacht. Doch am See wurde er vollkommen gleichmütig. Als hätte man einen Schalter in ihm umgelegt.«

Krons kickt einen Stein vor sich her.

»Ein anderer aus dem Team hatte Liebeskummer. Selbstmordgedanken, keine Ahnung, wie er weitermachen sollte, das ganze Programm. Doch am See war ihm seine große Liebe auf einmal nicht mehr wichtig. Als hätte etwas seine Gefühle auf ein erträgliches Maß reduziert.«

»Klingt nicht so übel«, sage ich. »Kein Leid, kein Schmerz, keine selbstzerstörerische Liebe.«

»Das dachte sich der Wissenschaftler auch. Eine Gesellschaft ohne Wut, ohne Neid und ohne Gier kam ihm ziemlich verlockend vor. Natürlich wollte er die Substanz erst an anderen ausprobieren, um die Wirkung zu überprüfen.«

»Die Substanz kam aus dem See?«

Krons zuckt die Schultern. »Das weiß nicht mal Alma. Aber wir vermuten, dass daraus der Kaffee gemacht wird.«

Er kickt den Stein zur Seite.

»Anfangs sah es wirklich danach aus, als könnte die Siedlung ein Ort des ewigen Friedens werden. Eine Mustergesellschaft.«

»Aber?«

»Sie haben die Rechnung ohne Leute wie dich und mich gemacht.«

Er bleibt kurz stehen und sieht mich an.

»Einige Bewohner ließen sich nicht einfach so runterdimmen. Trotz des Kaffees empfanden sie immer noch mehr als andere, fühlten sich fremd in der Gemeinschaft.«

»Für diese Leute gibt es die Pillen«, sage ich. »Die Bildschirme. Um Abweichler erkennen und korrigieren zu können.«

Krons geht weiter, ich schließe zu ihm auf.

»Am Anfang wollte man einfach sicher sein, dass wirklich alle gleich waren«, sagt er. »Die CoffeeCompany war davon überzeugt, dass es in einer Gemeinschaft nur dann Glück gibt, wenn keiner mehr hat als andere. Sie wollten einen Ort, an dem es allen gut geht, an dem keine Angst möglich ist.«

»Aber ihr ganzes System baut auf Angst auf!«

»Die Company hat sich verändert, Jonah. Spätestens, als klar wurde, dass die Ideale ihres Gründers nicht künstlich umzusetzen sind.«

»Sie haben ihre Ziele aufgegeben?«

»Im Gegenteil. Bei dem Großteil der Bewohner funktionierte die Kombination aus Kaffee und Pillen ja. Nur der Umgang mit den anderen, den Abweichlern, wie du sie nennst, hat sich gewandelt. Die wurden plötzlich zu Feinden. Außerdem war es natürlich verlockend zu sehen, dass sich eine Gemeinschaft gewissermaßen fernsteuern lässt. Irgendwann beginnt man dann vielleicht zu spielen.«

»Wie meinst du das?«

»Na ja, ein bisschen rumprobieren. Mit Gefühlen experimentieren. Wenn der Kaffee die Bewohner in leere Tafeln verwandelt, ist es doch spannend, was passiert, wenn man mithilfe der Pillen die gewünschten Emotionen drauflädt.«

»Jetzt redest du wirklich wie ein Lehrer.«

»Ich sage nur, dass auch jemand mit ursprünglich guten Absichten das Böse in die Welt bringen kann.«

»Der Lichtkrieger, der irgendwann auf die dunkle Seite wechselt.«

Krons hebt die Arme. »Ich glaube nicht, dass der Wissenschaftler von damals heute immer noch an der Spitze der Company steht. Wie gesagt, die Struktur hat sich verändert. Und es ist viel Zeit vergangen.«

Ich denke an den Mann, den alle in der Siedlung für den Chef halten. An die schwebenden Lichtpunkte im Hintergrund, während er zu uns spricht. Und plötzlich kommt mir ein Gedanke, der gleichzeitig absurd und so logisch ist, dass ich mich wundere, warum mir das erst jetzt einfällt.

»Krons«, sage ich feierlich. »Ich glaube, ich weiß, woher die Substanz stammt.«

Er sieht mich überrascht an.

»Mitten im Wald ist doch dieses riesenhafte Loch, oder? So groß, dass die ganze Siedlung reinpasst.«

Krons nickt.

»Und in dem Wald spielen irgendwie Zeit und Raum verrückt. Leute verschwinden und tauchen an anderer Stelle wieder auf. Ich gerate in ein unterirdisches Höhlensystem, während du glaubst, ich bin die ganze Zeit neben dir. Dazu noch diese seltsamen Buden. Der hohe Ton, den ich immer wieder höre. Und vor allem der mysteriöse See, an dem unerklärliche Dinge vor sich gehen. Ehrlich, Krons, wäre das hier ein Film, wäre die Sache so was von klar.«

Krons seufzt. »Ich kenne deine Filme nicht, Jonah.«

»Ein Meteorit«, sage ich. »Außerirdisches Material, das hier alles durcheinanderbringt.«

Krons lacht. »Und die CoffeeCompany sind Außerirdische?«

»Das würde zumindest erklären, warum man nie einen von ihnen auf der Straße sieht. Und warum ihre Stimmen so komisch klingen. Sie eignen sich unsere Gestalt nur an. Unsere Stimmen, unsere Sprache. Wenn auch nicht besonders gut. Außerdem würde es erklären, warum nichts nachweisbar ist. Keine ungewöhnliche Strahlung, keine seltsamen Substanzen.«

»Und warum nicht?«

»Weil niemand weiß, wonach er suchen soll«, sage ich. »Messgeräte können nur messen, worauf sie eingestellt sind. Sie können eine Vermutung bestätigen, aber nichts Neues entdecken.«

»Ich weiß nicht, Junge. Der Gedanke mit den Außerirdischen ist mir nicht sonderlich sympathisch.«

»Mir auch nicht. Aber du musst zugeben, dass sich dadurch eine Menge erklären ließe.«

»Vor allem gäbe es eine Menge neuer Fragen. Und am Ende müssten wir immer noch mit dem umgehen, was da ist. Ob es jetzt von Außerirdischen kommt, vom großen bösen Wolf oder von einem verrückt gewordenen Wissenschaftler: Die CoffeeCompany entwickelt gerade etwas, das unsere größten Ängste gegen uns richtet. Und das müssen wir stoppen.«

»Du meinst, *ich* muss es stoppen.«

»Ich bin bei dir, Jonah.«

Eine Weile gehen wir schweigend. Wir konzentrieren uns auf unsere Schritte, um nicht zu stolpern. Vor uns winden sich Wurzeln wie weiße Schlangen in den Boden und wieder heraus.

»Wenn der See früher anders war«, frage ich. »Was hat ihn zu dem gemacht, was er heute ist?«

»Ich fürchte, das weiß nicht mal die CoffeeCompany«, sagt

Krons. »Aber irgendwie ist es wohl so, dass alles, was die Monitore über die Bewohner sammeln, um die Schattenwesen zu kreieren, dort gespeichert ist.«

»Du meinst, der See ist eine Art Archiv der wahren Gefühle der Siedlung? Tut mir leid, Krons, das ist mir jetzt zu abenteuerlich.«

»Und es wird noch abenteuerlicher. Denn wie es aussieht, ist der See irgendwann ... lebendig geworden.« Krons lächelt, als würde ihm jetzt erst klar werden, was er gerade gesagt hat.

Ich muss an die gleitenden Schatten denken, die ich mit Lia zusammen auf den Hügeln um den See herum gesehen habe. Diese wie zäher Rauch wabernden Schemen, die in Zeitlupe immer neue Gebilde formten.

»Glaubst du, sie haben es geschafft, die Wächter zum Leben zu erwecken?«, frage ich.

Krons sieht mich nicht an, aber er geht, als drückte ihn das Gewicht dieser Frage. »Wenn nicht, sind sie zumindest kurz davor«, sagt er. »Ich bin im Wald immer wieder auf etwas gestoßen, das sich wie eine Vorstufe anfühlte. Ein verworfener Versuch.«

Ich denke an das Pfeifen. Die Angst, die mich im Wald angefallen hat wie ein hungriges Tier. Ich erzähle Krons davon, er nickt.

»Sie experimentieren mit Frequenzen«, sagt er. »Mit flüchtiger Materie. Der Rauch«, sagt er. »Der hohe Ton. Die Bilder, die dich plötzlich anfliegen. Sie wollen weg von fest installierten Bildschirmen, von anfälliger Technik. HealthCheck, MorningCall ... Das alles ist nicht mehr nötig, wenn die Wächter die Siedlung beherrschen. Auch diese Häuschen, von denen du gesprochen hast. Dieses Jahrmarktzeug. Klingt für mich weniger nach Außerirdischen als nach frühen Experimenten.«

»Willst du behaupten, das alles war nur in meinem Kopf?«

»Wie gesagt, so einfach ist es nicht. Deine Erfahrung war real. Genau wie das, was du da unten erlebt hast.«

»Ah.« Ich muss lachen. »Und wer sagt mir dann, dass nicht auch du nur ein Gebilde bist, das mir irgendwelche Schatten oder Frequenzen vorspiegeln?«

»Ich kann dir jedenfalls nicht das Gegenteil beweisen«, sagt Krons. »Aber wenn es dich beruhigt: Dieselbe Angst hatte ich bei dir. Dass es die CoffeeCompany irgendwie geschafft hat, meine größte Hoffnung nachzubauen. Dich. Als Lockvogel. Um mich ins Verderben zu führen.«

»Dann würdest du in Wahrheit nicht mich an den See lotsen, sondern dich selbst!«

»Willkommen in der Welt der CoffeeCompany«, sagt Krons.

Die Bäume werden höher, lichter, ich komme mir zusehends verloren vor. In meinem Kopf sind tausend wirre Gedanken, weil jede Antwort nur weitere Fragen nach sich zieht.

»Wenn du sagst, dass du Angst hattest, ich könnte nicht echt sein«, frage ich. »Woher weißt du dann, dass ich es jetzt bin?«

»Weiß ich nicht«, sagt er. »Aber wenn du gar nichts mehr weißt, fängst du irgendwann an, wieder auf dein Gefühl zu vertrauen.«

»Du hast dich einfach entschieden, daran zu glauben, dass ich echt bin? Genauso, wie du dich entschieden hast, Alma und ihren durchgedrehten Geschichten über die CoffeeCompany zu glauben? Ich bin gerührt, Krons, ehrlich.«

»Selbst wenn Alma nur eine verrückte Alte ist, die sich Geschichten ausdenkt ... was macht das für einen Unterschied? Am Ende ist es deine Wahrheit, die für dich zählt. Und deine Wahrheit ist, dass du Lia zurückwillst.«

»Aber wenn die Wächter unbesiegbar sind, habe ich doch sowieso keine Chance«, sage ich. »Dann kann ich auch gleich aufgeben.«

Krons schüttelt den Kopf. »Alter Jonah.«

»Was?«

»Das war der alte Jonah. Der alte Jonah macht dich zum Opfer. Du willst Lia zurück? Dann sei wie einer, der sie verdient hat.«

Krons klingt plötzlich entschieden: »Wenn du der bleibst, von dem sie den Abdruck genommen haben, hast du keine Chance, das stimmt. Dann nährst du nur deinen eigenen Schatten. Bis er zu groß ist für dich.«

»Du meinst, ich soll jemand anderes werden?«, frage ich.

Krons schüttelt den Kopf. »Du bist jetzt jemand anderes«, korrigiert er mich. »Du sollst du selbst werden. Nur dann bist du ihnen einen Schritt voraus. Weil sie mit Veränderung nicht rechnen. Das ist ihre Schwachstelle. Der Fehler im System. Und deine Chance. Verändere dich, dann wirst du unberechenbar für sie. Aber Vorsicht: Du darfst den neuen Jonah nicht nur spielen, du musst wirklich zu ihm werden.«

»Wie soll ich das denn bitte anstellen? Mal eben von der Lachnummer zum Helden mutieren?«

»Das wäre zumindest nicht falsch.«

Ich warte, aber es kommt keine weitere Erklärung.

»Wie soll ich das machen, Krons!«, rufe ich hinter ihm her, weil er schon wieder weit vor mir ist.

»Krons!«

Etwas verändert sich, umfängt mich wie ein kalter, dunkler Nebel.

»Krons!!!«, rufe ich.

Ons!!!

Ons!!!

Ons!!!

kommt es zurück.

Dann ist der Spuk vorbei.

»Sehr witzig, Vorstufe«, murmele ich. »Netter Versuch.«

42

WIR ÜBERQUEREN FELDER, auf denen kein Baum steht. Wandern über steinharten Grund, durchwaten Flüsse, versinken knietief im Sumpf. Mal hat die Sonne alles emporgesogen, was wachsen, ranken, klettern kann, dann wieder stoßen wir auf eine verwunschene Welt. Was ich für Blätter halte, sind Eidechsen, riesige Spinnen baumeln in einem Nebel, der von innen heraus zu glühen scheint. Die Sonne steht orange in einem rostroten Himmel, neben uns windet sich ein Fluss mit Wasser wie aus schwarzem Glas.

Plötzlich wird mir klar, dass ich die ganze Zeit meinen Rucksack trage und nicht weiß, wann ich ihn aufgesetzt habe. Ich weiß nur, dass ich ohne ihn da unten war, dass ich ihn auf den Boden des Kassenhäuschens habe fallen lassen, bevor ich die Stufen hinabgestiegen bin.

»Krons!«, rufe ich. »Hast du mitgekriegt, wie ich meinen Rucksack aufgesetzt habe? Lag der neben mir, als du mich gefunden hast?«

»Du wirst ihn die ganze Zeit bei dir gehabt haben«, sagt er. »Und das ist gut so, weil ich gleich eine Pause brauche und Bärenhunger habe.«

»Wie weit ist es noch bis zum See?«

»Sag du es mir.«

»Ich kenne mich hier nicht aus.«

»Wir erreichen den See, wenn du bereit dafür bist.«

»Kannst du bitte aufhören, so zu reden, als wäre ich Karate Kid und du mein Meister?«

»Ich weiß nicht, wovon du sprichst, Junge.«

»Ich rede davon, dass ich nicht dein junger Jedi bin.«

Er sieht mich immer noch fragend an. Vermutlich hat er einfach zu lange keinen Bildschirm mehr gesehen. Und im Grunde ist es auch egal. Es ist egal, ob wir dieselben Filme kennen und welche Geschichte ich eigentlich glauben soll. Selbst wenn alle in der Siedlung die Wahrheit sagen und es Lia nie gab: Alles, was mit ihr zu tun hat, fühlt sich echter an als mein ganzes bisheriges Leben. Als dieser trübe Dämmer aus Kaffee und Pillen, dieses orientierungslose Dahinwabern in dem Gefühl, nirgendwo dazuzugehören.

Wenn ich Lia finde, denke ich, gehen wir zusammen hier weg. Raus aus dem Wald, über die Hügel, jenseits des Sees. Gemeinsam finden wir heraus, ob es die Welt dahinter noch gibt, und wenn es sie gibt, suchen wir uns den schönsten Ort und machen alles anders. Wir erfinden die Sprache neu, wir benutzen Worte, die noch etwas bedeuten, wir ...

»Junge!«

Krons fährt herum, das Gesicht von Angst so verzerrt, dass ich ihn kaum wiedererkenne: »Auf den Boden, schnell!«

Ich weiß nicht, ob das ein Scherz ist, ob Krons endgültig den Verstand verliert, aber er wirft sich tatsächlich an einen Baum, kauert sich an den Stamm, und da sehe ich, was los ist, auch wenn ich es nicht glauben kann: Etwas rast auf uns zu, eine riesenhafte, unsichtbare Walze, ein horizontaler Tornado. Nur, dass gar kein Wind da ist.

In letzter Sekunde hechte auch ich an einen Baum, der breiter ist als ich, und spüre, wie ein elektrischer Sturm über mich hinwegfegt, in dem es rauscht und donnert und kracht. Wolken ballen sich zu einer schwarzen Decke, unter der alles die Farbe von Schlamm annimmt. Pflanzen, die eben noch geleuchtet haben, erlöschen, als hätte man ihnen das Licht ausgedreht. Ein stumm gleißender Blitz lässt den Wald sekundenlang vor mir stehen, ein überbelichtetes Bild in Schwarz-Weiß, dann fernes, zerdehntes Grollen. Ich sehe nach oben. Zwei, drei Tropfen platzen in meinem Gesicht, groß und schwer wie reife Beeren. Für eine Sekunde scheint alles vorbei. Dann bricht das Wasser los, hämmert hart in die Erde, zerschlägt den Grund unter meinen Füßen. Sturzbäche reißen Erdschichten mit sich, ich klammere mich an den Stamm, meine Füße tasten nach Halt, gleiten weg. Ich bekomme eine dicke Schlingpflanze zu fassen, trete eine Wurzel tief in den Schlamm, hänge mich an die Liane. Alles um mich herum rauscht und fließt, Wasser strömt von der Rinde auf meine Schultern, ich sehe den Himmel nicht und nicht den Boden, sehe weder Krons noch den nächsten Baum. Die Walze frisst und schmatzt und verdaut, die Welt löst sich auf, und nichts ist mehr zu hören außer dem Tosen des Sturms, dem Rauschen des Regens, dem schamlosen Gurgeln und Gluckern des Wassers.

»Krons!«, brülle ich und höre meine eigene Stimme nicht. Der Sturm reißt den Schrei von meinen Lippen, löst ihn auf zu Myriaden von Tropfen. Zum ersten Mal seitdem ich Lia verloren habe, fange ich an zu weinen, ich schluchze, schreie mich heiser, hänge mich an die Liane, bis ich mein Gewicht nicht mehr spüre, und das Rauschen des Regens wird zu einer Frequenz, die mich trägt, weit. Weiter.

43

»KRONS!«

Ich weiß nicht, wie lange ich seinen Namen schon in eine Welt rufe, die aussieht, als wäre schmutziges Wasser über einem Aquarell zerlaufen. Der Sturm ist vorbei, aber ich spüre seine Energie noch in jedem Knochen. Meine Zähne schlagen aufeinander, ich bin klatschnass und voller Schlamm.

Vorsichtig richte ich mich auf, ziehe mich am Stamm hoch. Meine Knie beben. So weit entfernt kann Krons nicht sein.

Ich rufe noch einmal und erschrecke über die Verzweiflung in meiner Stimme. Langsam taste ich mich voran, prüfe den Grund mit jedem meiner Schritte. Und dann sehe ich ihn. Kaum zu erkennen, ein schlammiges Bündel am Fuß des Baumes, an den er sich vor dem Sturm geflüchtet hat. Ich trete nah an ihn heran, hocke mich neben seinen reglosen Körper, greife eine Schulter.

»Krons, bitte wach auf!«

Ein Ächzen, kaum mehr als ein rasselndes Atmen.

»Krons, es ist vorbei, wir müssen weiter.«

Ein Zischen, ein Flüstern. Ich suche seine Hand, will ihm aufhelfen. Sein Arm entgleitet mir.

»Krons, bist du verletzt?«

Ich lege mein Ohr an seinen Mund, versuche zu verstehen, was er sagt.

»Sie haben mich erwischt, Junge, du musst allein weiter.«

»Was redest du denn da? Was ist denn überhaupt los!«

Ich greife unter seine Schultern, will ihn aufrichten.

»Es hat keinen Zweck, Junge. Du musst mich hier zurücklassen.«

»Ah. Die Reite-zur-nächsten-Farm-und-hol-frische-Pferde-Nummer. Kommt gar nicht infrage.«

Krons sackt wieder in sich zusammen. Ich wuchte den Rucksack vom Rücken und lasse die Dosen gegeneinanderklappern. Wach halten, fällt mir ein. Du musst ihn unbedingt wach halten.

»He!«, sage ich. »Du hattest doch Hunger, oder? Ich hab eine fantastische Idee.« Ich rappele weiter wie der letzte Idiot. »Hörst du das? Klingt nach einem schönen Topf voll mit heißen Bohnen, oder, Krons? Also bleib schön hier und rühr dich nicht vom Fleck, ich mach uns ein Feuer und zaubere uns ein Abendessen. Wir wärmen uns erst mal auf. schlafen ein wenig, und dann sehen wir weiter. Was sagst du, ist das eine gute Idee?«

Seine Augen sind zugefallen. Ich taste nach seinem Puls, hole die Plane aus dem Rucksack, eine Jacke, bette ihn darauf, decke ihn zu. Mit meinem Taschenmesser hacke ich in den Stamm, bis ich eine Handvoll trockener Späne beisammenhabe. Irgendwie schaffe ich es, uns eine Art Lager zu bauen, Holz für ein Feuer zu sammeln, und als wenig später tatsächlich erste Flammen an einem dünnen Zweig hochzüngeln, ziehe ich Krons mitsamt der Plane ans Feuer. Es zischt und qualmt, die Flammen greifen nicht richtig ins Holz, aber immerhin brennt etwas vor uns. Ich kippe den Inhalt des Rucksacks aus und falte Krons eine Art Kissen, das ich ihm unter den Kopf schiebe.

»Geht das so?«, frage ich und erhalte als Antwort eine Mischung aus Brummen und Stöhnen.

Er lebt, fürs Erste reicht mir das.

44

»ALS DU GESAGT HAST, sie haben dich erwischt«, frage ich, »wie hast du das gemeint? Wer sind die?«

Krons flüstert etwas Unverständliches. Ich beuge mich zu ihm, das Feuer brennt mittlerweile gut, es prasselt und knallt so laut in der Finsternis, dass ich ihn kaum höre.

»Die Schatten«, glaube ich zu verstehen. »Die Angst.«

»Du meinst, das waren die Wächter?«

Krons nickt. Im Schein der zuckenden Flammen sieht sein Gesicht fast jugendlich aus.

»Sie haben auf meine Angst reagiert?«

Krons schüttelt leicht den Kopf. »Meine«, bringt er hervor, und auf einmal kehrt Leben in ihn zurück. Plötzlich richtet er sich auf, sein Körper strafft sich, seine Augen funkeln: »Meine größte Angst. Sie sind so weit«, sagt er. »Sie haben es geschafft. Wir müssen in der Nähe der Hügel sein. Des Sees.«

»Ich habe keine Wächter gesehen, Krons. Und auch keine Schatten.«

»Sie sind meinetwegen hier«, sagt er. »Es sind meine Schatten.«

Ich sehe mich um. »Dafür, dass es nur Schatten waren, haben die ganz schön gewütet.«

Krons krümmt den Oberkörper und hält sich den Bauch. »Du musst mir zuhören, Junge«, sagt er. »Ich hab nicht mehr viel Zeit. Du wirst auf dich allein gestellt sein, und es gibt etwas, das ich dir vorher sagen muss.«

»Was redest du denn.« Ich versuche ein Lächeln, das vermutlich ziemlich gequält aussieht. »Du musst jetzt erst mal was essen.« Zur Bekräftigung schnappe ich mir eine Dose. »Du wirst sehen, wenn du was im Magen hast …«

»Verdammt, Jonah, ich werde sterben, verstehst du das?«

»Du wirst nicht sterben, Krons, das ist vollkommen …«

»Es geht um Lia«, unterbricht er mich, entkräftet, als hätte er damit seinen letzten Trumpf gespielt.

Mir wird schwindelig. »Du kennst sie?«

»Sie ist hier aufgewachsen«, sagt er. »Im Wald.«

»Bei den Verrückten«, entfährt es mir.

»Bei uns.«

In meinem Kopf geht alles durcheinander. Wenn das stimmt, erklärt es natürlich, warum Krons von den Einschlüssen in ihrer Iris weiß. Warum sie die CoffeeCompany nicht kennt. Warum Lia keine Angst vor dem Wald hat und von der zerstörten Welt dahinter nichts weiß. Überhaupt erklärt es viel von dem, was sie ist.

»Lia ist noch nie in der Siedlung gewesen?«

»Nicht bis zu dem Tag, an dem du ihr begegnet bist.« Krons scheint beruhigt, endlich meine Aufmerksamkeit gewonnen zu haben. Eine Weile beobachte ich den Tanz der Flammen. Versuche zu begreifen, warum Krons mir all das verschwiegen hat. Was er mir eigentlich sagen will.

»Wusstest du eigentlich, dass wir euch auch so nennen?«, fragt er. »Die Verrückten?«

»Du meinst die Leute in der Siedlung?«

Krons nickt. »Die Verrückten. Die Unwissenden. Die Schlafenden. Wir haben Lia immer vor euch gewarnt. Wie die CoffeeCompany euch vor uns warnt. Auf beiden Seiten Leute, die sich für normal und die anderen für verrückt halten.« Er hustet oder lacht, vielleicht ist es auch eine Mischung. »Aber ich wusste, dass sie irgendwann rüberwill. Zumindest, um rauszufinden, ob wir sie nicht anlügen. Ob die Verrückten wirklich verrückt sind.«

»Klingt sehr nach ihr«, sage ich, erleichtert, eine mögliche Erklärung für ihr seltsames Spiel mit der Wahrheit bekommen zu haben. Wenn ich mit Leuten wie Alma und Krons aufgewachsen wäre, wüsste ich auch nicht, was ich eigentlich glauben soll.

»Jonah?«

Funken knallen aus dem Holz, zerplatzen in der Dunkelheit wie winzige Leuchtraketen.

»Du wolltest doch wissen, warum ich dich das erste Mal geohrfeigt habe.«

Unwillkürlich halte ich die Luft an.

»Als du mich gefragt hast, wo sie ist.«

Es prasselt und zischt, als das Feuer eine nasse Stelle im Holz frisst.

»Als du gedacht hast, ich hätte sie verschleppt. Ihr etwas angetan.«

Plötzlich weiß ich, was kommt. Keine Ahnung, woher.

»Da bin ich ausgerastet«, sagt Krons. »Hab die Kontrolle über mich verloren. Tut mir leid, Junge.«

Ich nicke. »Schon okay, Krons.«

Er wartet darauf, dass ich nachfrage. Ihm eine Hand reiche. Aber da muss er alleine durch.

»Weil es nämlich das Letzte ist, was ich könnte. Im Gegenteil. Lia war ... Lia ist ...«

Jetzt sag es endlich, denke ich. Dieses Rumgedruckse macht es nicht besser.

»Und dass ich von den goldenen Flecken in ihrem Auge weiß ... das liegt nicht nur daran, dass ich sie schon ihr Leben lang kenne.«

»Krons«, warne ich, »denk an die schlechten Filme.«

Und dann sagt er es.

»Sie ist meine Tochter, Jonah.«

45

UND ALS WÄRE DAMIT ein festsitzender Korken endlich rausgeflogen, erzählt er mir die ganze Geschichte, von Anfang an: Wie er Lias Mutter vor langer Zeit in der Siedlung kennengelernt hat. Wie sie starke Gefühle füreinander entwickelten, dem Kaffee und den Pillen zum Trotz. Wie ihnen plötzlich Zweifel gekommen sind an den Werten der CoffeeCompany.

»Alles fühlte sich klarer an«, sagt er. »Wahrer. Als wären wir gemeinsam aus einem langen Schlaf erwacht.«

Ich nicke, weil das auch ganz gut mein eigenes Empfinden beschreibt, seit mir Lia begegnet ist.

»Als würde plötzlich die Sonne durch die Wolken brechen, oder?«

Krons lächelt: »Da ist uns aufgegangen, dass mit der LoveCulture etwas nicht stimmt.«

Das Feuer wärmt uns mittlerweile gut, ich schaffe es sogar, dass Krons etwas isst, während er über das wachsende Misstrauen der Company gegenüber spricht. Wie sich ihr Verdacht immer weiter erhärtete, bis ihnen klar geworden sei, dass sie raus aus der Siedlung müssten.

»Ihr habt auch aufgehört, den Kaffee zu trinken und die Pillen zu nehmen?«

Krons nickt. »Sie war schwanger. Wir wollten nicht, dass unser Kind unter diesen Umständen groß wird.«

»Lia ist im Wald geboren?«

»Glücklicherweise sind wir bald auf eine Gruppe Gleichgesinnter gestoßen.«

»Und zufällig war auch eine Hebamme dabei ...«

»Zumindest jemand, der wusste, was zu tun ist.«

»Warum habt ihr die Gruppe verlassen?«

Krons schüttelt den Kopf. »Nicht wir«, sagt er. »Sie haben uns verlassen. Einer nach dem anderen. Sie wollten raus. Keiner von ihnen hat den See überlebt.«

»Warum bist du da so sicher? Es könnte doch sein, dass sie es einfach nach draußen geschafft haben.«

»Wir hatten einen Pakt, Jonah. Wenn einer es schafft, holt er die anderen. Oder zeigt ihnen zumindest, wie der See zu überwinden ist. Aber es kam nicht das geringste Zeichen.«

»Vielleicht ist die DraußenWelt wirklich so zerstört, wie die CoffeeCompany behauptet. Wäre es sonst nicht seltsam, dass sich nie jemand für die Siedlung interessiert hat? Etwas so Großes kann doch unmöglich verborgen bleiben, selbst wenn es mitten im Wald liegt.«

»Es sei denn, jeder da draußen weiß, was los ist, und hat Angst vor der Company.«

Ich sehe zu Boden. »Wieder die Geschichte von den zwei Welten, die sich selbst für die bessere halten und vor der anderen warnen.«

Krons nickt. »Wie gesagt, das sind bloß Spekulationen. Wie es jenseits des Sees aussieht, weiß niemand.«

»Aber dann habt ihr eine neue Gruppe gefunden? Mit Alma und den anderen?«

»Alma kam erst sehr spät dazu. Wir waren viel mehr, damals. Lia ist in einer richtigen Gemeinschaft groß geworden, in der alle aufeinander aufgepasst haben. Du kennst doch das Sprichwort, oder? Dass es ein Dorf braucht, um ein Kind großzuziehen?«

»Schon mal gehört. Aber wenn nach und nach alle in deinem

Umfeld im See verschwinden, klingt das für mich nicht nach einer glücklichen Kindheit.«

Krons kratzt einen Rest Irgendwas aus einer Dose, die wir zum Warmwerden in die Nähe des Feuers gelegt haben.

»Lia ist in der ständigen Angst vor Verlust groß geworden«, gibt er zu. »Vielleicht ist das auch der Grund, warum sie eines Tages in die Siedlung wollte. Weil ihre Angst vor dem See größer war als die vor euch.«

»Vor uns Verrückten.« Ich nehme einen Ast und stochere in der Glut. »Nein. Glaube ich nicht.«

Ich warte, bis Krons mich ansieht.

»Sie war mit mir in der Nähe der Hügel«, sage ich. »Ich wollte nicht, ich hatte Angst. Aber sie musste unbedingt zum See.«

Ganz langsam lässt er die Dose sinken.

»Sie wollte zu ihr«, flüstert Krons.

»Zu wem?«

»Zu ihrer Mutter.«

»Lias Mutter ist in dem See verschwunden?«

»Das ist der eigentliche Grund, warum ich glaube, dass es bisher niemand nach draußen geschafft hat.« Krons' Stimme klingt, als müsste er gegen Tränen kämpfen. »Sie hätte mich nicht einfach hier allein gelassen.«

»Aber warum ist sie ohne dich dorthin gegangen?«

»Ist sie nicht.«

Ich brauche eine Weile, um zu verstehen. »Du warst bei ihr?«

»Auch wir wollten frei sein, Junge. Jeder Ort schien uns irgendwann besser als das hier. Der Wald war lange unsere Zuflucht, aber wir wollten uns nicht den Rest unserer Tage vor der CoffeeCompany verkriechen müssen. Ein Leben in Angst kam für uns nicht infrage. Selbst wenn wir für immer in dem See verschwinden, sind wir wenigstens zusammen. So haben wir gedacht.«

»Kommt mir bekannt vor«, sage ich.

»Ich habe mit vielem gerechnet. Aber nicht damit, dass mir der See das Schlimmste antut, was sich nur denken ließ: ohne sie weiterleben zu müssen.«

Prasselnd bricht ein Stück Holz auseinander.

»Und Lia?«, frage ich. »Wolltet ihr sie einfach zurücklassen?«

»Wenn wir es auf die andere Seite schaffen, finden wir eine Möglichkeit, sie zu holen, dachten wir. Außerdem hatte sie die Gemeinschaft. Das war ihre Familie. Lia kannte nichts anderes als den Wald. Sie hat uns nie wirklich gebraucht, Jonah. Aber ich bin derjenige, der ihre Mutter auf dem Gewissen hat – und jetzt auch noch für Lias Verschwinden verantwortlich ist.«

»Wieso bist du für ihr Verschwinden verantwortlich?« Etwas landet zischend in der Glut. »Lia wurde von der CoffeeCompany entführt, sie ist irgendwo da unten, und ich muss zu ihr, bevor ...«

»Tut mir leid, Jonah. Aber ich bin sicher, sie wollte zu ihrer Mutter.«

Ich starre ihn an. Ich weiß, dass das Blödsinn ist. »Warum erzählst du mir dann, dass ich es mit der ganzen CoffeeCompany aufnehmen muss, um sie zu befreien? Dass ich der Auserwählte bin, auf den du gewartet hast? Diesen ganzen Quatsch?«

»Weil du den See überwinden musst, um die Company zu besiegen«, sagt er. »Und um Lia wiederzubekommen.«

»Du meinst, *du* willst sie wiederbekommen ... und dazu vielleicht noch deine Frau? Ist das der Grund, warum du das alles veranstaltest? Denkst du, ich kann jetzt sogar Tote zum Leben erwecken?« Ich schüttele den Kopf. »Weißt du, ich glaube, Alma hat recht. Du bist wirklich nicht mehr als ein verwirrter alter Narr.«

»Jonah ...«

»Okay, dann erklär's mir. Warum denkst du, dass Lia zu ihrer Mutter wollte?«

Krons zuckt mit den Schultern: »Weil sie nichts mehr zu verlieren hatte. Ich vermute, sie wollte vorher nur einmal in die Siedlung, um zu sehen, ob unsere Erzählungen stimmen. Lia wollte lieber vom See verschlungen werden, als ihr Leben in Unwissenheit zu verdämmern. Und sie war bereit, den Preis dafür zu zahlen.«

»Unsinn«, sage ich.

Krons sieht mich überrascht an.

»Es stimmt nicht, dass sie nichts zu verlieren hatte.« Ich taste nach dem Zettel in meiner Hosentasche. Etwas durchströmt mich, als ich die Zeichnung entfalte. Etwas, das größer ist als Glück.

»Das ist von ihr.« Ich streiche den Zettel über meinem Bein glatt. Die Tinte ist etwas zerlaufen, das Papier knitterig und dünn. Aber weder der Sturm noch die Nächte im Wald haben den Figuren etwas anhaben können.

»Das sind wir.« Ich zeige auf uns: zwei Astronauten im nachtschwarzen All.

»Das soll Lia gezeichnet haben?« Krons deutet auf das Herz, das die beiden Strichmännchen rahmt.

Ich überlege, ob ich ihm erklären soll, wie dieses Herz zustande gekommen ist. Dass es nicht wirklich ernst gemeint war und irgendwie doch. Ich weiß nicht, ob Krons das verstehen würde.

»Sie ist nicht einfach so an den See gegangen, Krons.« Nicht ohne mich, will ich hinzufügen und bin überrascht, wie klar ich das plötzlich sehe. Wie sehr ich gegen meine eigentliche Überzeugung weiß, dass ich ihr wichtig bin.

Krons lächelt. Für einen Moment werden seine Pupillen weit, und ich bilde mir ein, etwas leuchten zu sehen.

»Hätte ich das gewusst«, sagt er. »Hätte ich das alles vorher in dir gesehen, wäre das eben nicht passiert.«

Die Schatten, denke ich. Sie ernähren sich von Furcht.

»War das deine größte Angst, Krons? Dass ich es nicht schaffe?«

»Junge, es …«

»Oh, gar kein Problem«, sage ich schnell. »Weißt du, ich hatte fast schon geglaubt, dass ich wirklich dieser Typ sein könnte. Der Auserwählte, den du in mir vielleicht mal gesehen hast.«

»Jonah, was da eben passiert ist. Der Sturm. Die Schatten. Sie sind so weit, die Wächter sind da, und sie sind schlimmer, als ich gedacht habe. Wenn die mit mir so was anstellen ...«

»... hat jemand wie ich garantiert keine Chance? Ehrlich, das hat vorher aber noch etwas anders geklungen.« Ich imitiere seine Stimme: »Verändere dich, dann wirst du unberechenbar für sie. Veränderung ist deine geheime Waffe.«

»Ich habe genug Menschen an den See verloren, Jonah. Ich kann dich da nicht weiter mit reinziehen.«

»Viel weiter als jetzt geht ja auch kaum.« Ich blicke in die Glut. »Weißt du, es gibt einen Unterschied zwischen uns, Krons. Meine Mission fängt gerade erst an«, sage ich und bilde mir ein, irgendwo in der Dunkelheit ein Lächeln wahrzunehmen.

46

»SIE IST GAR NICHT in dem See verschwunden, stimmt's?«

Wir frühstücken kalte Dosenbohnen mit Corned Beef. Ich habe die halbe Nacht über das nachgedacht, was Krons erzählt hat, und wie ich es auch drehe, die Geschichte ergibt keinen Sinn. »Lias Mutter. Sie ist gar nicht im See verschwunden. Sie ist zurück in die Siedlung gegangen.«

Krons starrt mich an. Sein Blick hängt irgendwo zwischen *Was bildest du dir ein* und *Woher weißt du das.*

»Kennst du sie?« Sein Ausdruck wird verzweifelt, er packt mich ungewöhnlich hart an der Schulter: »Verschweigst du mir etwas, Junge?«

Ich rücke ein Stück von ihm ab, ich rieche die kalte Asche der Nacht.

»Wenn es dich beruhigt: Ich kenne nur ihre Tochter.«

»Ich weiß, dass du Lia kennst.«

»Ich meine ihre Schwester. Und ich finde, wir sollten Schluss machen mit den Geheimnissen.«

Krons' Gabel kratzt leicht über das Blech, das ist alles, was ich von ihm dazu höre.

»Du sagst, wir sind kurz vor dem See und uns bleibt nicht viel Zeit. Wann hattest du vor, mir die Wahrheit zu sagen?«

»Junge, es …«

»Lass mich raten. Du hast dich geschämt. Du konntest nicht zugeben, dass deine Frau dich verlassen hat. Dass sie Lia …«

»Stopp«, ruft Krons. »Ich weiß, was du denkst: Die tragische Geschichte von der Frau, die der See geraubt hat, ist heldenhafter als die von dem armen alleingelassenen Mann. Aber sie war wirklich mit mir am See. Es war alles so, wie ich gesagt habe. Und es stimmt auch, dass der See sie mir genommen hat.«

»Aber sie ist nicht wirklich darin verschwunden ... und ihr wart auch nicht nur zu zweit, oder?«

Krons senkt den Blick. »Wir wollten nicht, dass Lias Schwester auch im Wald aufwächst. Dass sie erleben muss, wie alle verschwinden. Und natürlich wollten wir, dass Lia mitkommt.«

»Aber sie wollte nicht.«

»Sie hat gesagt, sie beschützt uns. Sie wartet hier, hält die Stellung, sie war sehr tapfer. Sie muss damit gerechnet haben, dass auch wir in dem See verschwinden, aber sie hat uns das nicht gezeigt. Ich weiß nicht, warum sie hierbleiben wollte. Aber eins weiß ich: Sie hatte keine Angst. Schon damals nicht.«

»Sie muss doch unglaublich jung gewesen sein!«

»Aber sie hatte die Gemeinschaft. Wie gesagt, das war ihre wahre Familie.«

»Wechselnde Väter und Mütter, die nach und nach verschwinden?« Ich begreife langsam, warum sie mir die Geschichte von dem Heim erzählt hat.

»Ihre Mutter muss in dem See etwas gesehen haben, das sie komplett verwandelt hat.« Krons krümmt seinen Oberkörper, als hätte er Schmerzen. »Du hast recht, sie ist wirklich zurück in die Siedlung. Was der See ihr gezeigt hat, muss stärker gewesen sein als unsere Liebe. Mächtig genug, um ihre Familie zu verlassen, ohne ein Wort. Sie ist mit unserer zweiten Tochter einfach so aus meinem Leben verschwunden.« Er sieht mich seltsam an. »Weißt du, manchmal glaube ich, dass *sie* diejenige ist, die von der Coffee-Company entführt wurde.«

»Du denkst, Lias Mutter arbeitet jetzt für sie?«

»Sie kann nicht einfach so zurück in ihr altes Leben gegangen sein. Irgendeinen Floh haben sie ihr ins Ohr gesetzt.«

»Vielleicht hat der See ihr gezeigt, dass euer zweites Kind im Wald keine Chance hat?«

Krons sieht zu Boden.

»Du sagst, du kennst sie?«

Ich nicke. »Nicht gut«, sage ich und komme mir doppelt schäbig vor wegen der Sache zwischen Dolly und mir.

»Okay«, sagt er. »Du bist dran. Keine Geheimnisse.«

Ich massiere mir die Knie. Erzähle ihm von dem Haus, der Einrichtung. Dass es dort Wasser aus Flaschen gab. Dass ich Dolly in der Zentrale unter dem Wald wiederbegegnet bin.

Krons runzelt die Stirn: »Sie nennt sich jetzt *Dolly*?«

Ich zucke mit den Schultern. »Weiß Lia eigentlich, dass sie eine Schwester hat?«

Krons atmet hörbar aus. »Keine Ahnung, ob sie sich daran erinnert. Wir haben nie über sie gesprochen. Auch nicht über ihre Mutter. Ich dachte, das macht es einfacher für Lia.«

»Vor allem hat es das einfacher *für dich* gemacht, oder? Hast du nie daran gedacht, was mit ihr passiert sein muss, als nur ihr Vater vom See zurückgekehrt ist? Und dann redet er nicht mal mit ihr über das, was dort passiert ist?«

Krons schweigt lange. Es ist unmöglich zu sagen, was er denkt.

»Und wenn sie wirklich zu ihrer Mutter wollte?«, frage ich, als er immer noch nichts sagt.

Krons sieht mich an.

»Wenn Lia nicht nur aus Neugier in die Siedlung gegangen ist? Wenn sie dort ihre Mutter und ihre Schwester wiederfinden wollte?«

Mühsam rappelt Krons sich auf. »Wir müssen kurz vor den Hügeln sein«, sagt er und reicht mir den Rest Corned Beef. »Du kannst sicher noch eine Stärkung vertragen.«

»Was ist mit deiner Verletzung?«

»Ich habe versprochen, dich zum See zu bringen«, sagt er. »Und ich halte meine Versprechen.«

47

KRONS BLEIBT IMMER wieder stehen, angeblich, um mir etwas zu zeigen, aber er verzieht das Gesicht, und ich merke, dass er Schmerzen hat, dass er die Pausen braucht.

Wir durchqueren Bereiche, die zunehmend verwüstet sind. Ich denke an den umgestürzten Baum am Waldrand, an das Loch, das seine Wurzeln aus dem Boden gerissen haben. Vor einer gefühlten Ewigkeit lagen Lia und ich nebeneinander in der Mulde, dabei sind seither gerade mal ein paar Tage vergangen.

»Sieht aus, als hätten sie das Gebiet als eine Art Übungsgelände genutzt«, sagt Krons mit Blick auf die Zerstörung. »Für die Schatten.«

Im selben Moment spüre ich eine Verdichtung der Luft. Es wird kühl um mich herum, ich habe das Gefühl, durch Watte atmen zu müssen, nicht vorwärts zu kommen. Es ist wie in diesen Albträumen, in denen man rennt und sich trotzdem kaum von der Stelle bewegt.

Das sind sie, denke ich, und während ich das denke, zieht sich etwas um mich zusammen. Ich kann mich nur noch in Zeitlupe bewegen, mein Atem geht schnell, mein Herz rast. Ich weiß, dass ich keine Angst haben darf, dass Angst mich schwächer und das Ding stärker macht. Ich weiß das und kann doch nichts dagegen tun.

»Krons!«, rufe ich, doch das wattige Etwas schluckt den Schrei sofort.

Die Farben um mich verblassen, plötzlich wird alles fahl. Ich bin in einem schnell enger werdenden Schlauch, ahne Krons nur noch als Schemen vor mir.

»Krons!«

Krons!

Krons!

Krons!

Das Ding verhöhnt mich. Es nutzt nicht nur meine Ängste, sondern auch meine Erinnerung.

Schlosser!

Schlosser!

Ha! Ha! Ha!

Es nützt überhaupt nichts, dass ich weiß, wie die Schatten funktionieren. Dass sie sich von meiner Angst ernähren, dass es sie ohne meine Angst gar nicht gäbe. Im Gegenteil, das macht es nur schlimmer. Die Angst vor der Angst wirkt wie ein Brandbeschleuniger.

Schlosser!

Schlosser!

Ha!

Ha!

Haaaaa!!!

Das Gelächter bricht sich endlos in dem unsichtbaren tunnelhaften Etwas um mich herum. Da ist nichts, versuche ich mir immer wieder zu sagen. Das alles ist bloß Einbildung. Aber selbst da ist mir das Ding voraus, weil es natürlich weiß, dass ich mein Leben lang nichts anderes gedacht habe und mir das trotzdem nicht geholfen hat. Weil es nämlich egal ist, ob man an etwas glaubt oder nicht, solange es sich echt anfühlt.

Traumschlosser!

Traumschlosser!

Hätte gerne Freunde!

Sie schubsen mich, bohren ihre Finger zwischen meine Rippen, reißen an meinen Haaren, zwicken mich.

Traumschlosser!

Traumschlosser!

Hätte gern 'ne Freundin!

Zu den Leuten aus meiner Klasse kommen jetzt Nachbarn aus der Siedlung. Anders als sonst sehe ich sie nicht weit entfernt hinter Hecken und Fenstern, sondern so nah, dass ich die Poren ihrer Haut unter bröckelndem Make-up erkenne.

»Haben wir es nicht gesagt«, zischen sie. »Haben wir es nicht immer wieder gesagt. Aber du wolltest ja nicht hören. Du hattest ja deinen eigenen Kopf. Und jetzt sieh, wohin er dich gebracht hat, dein Kopf. Wir haben es gewusst. Wir haben es immer gewusst. Nicht mit uns«, flüstern sie, »nicht mit uns«, und plötzlich löst sich eine alte Frau aus der Menge, die als Cheerleaderin verkleidet ist. Sie zeigt auf mich, ihre grellrosa geschminkten Lippen öffnen sich zu einer Grimasse stummen Entsetzens. Wie von einem heftigen Wind bewegt, schwankt sie auf viel zu hohen Stöckelschuhen heran, ihr faltiger Mund öffnet und schließt sich. Ich muss an einen Urzeitvogel denken, dann an jemanden, der mir bekannt vorkommt, doch noch während sich aus dem Nebel meines Unterbewusstseins eine Ahnung verdichtet, kommen die schneller und lauter trippelnden Stakkatoschritte immer näher.

Ich kenne diese Frau. Obwohl ich sie noch nie gesehen habe.

Hinter ihr formiert sich ein Halbkreis aus Leuten, die den hämmernden Rhythmus der Stöckelschuhe aufgreifen, mit Löffeln oder Armbanduhren an Gläser schlagen, im Takt auf den Boden stampfen.

»Raus! Hier! Raus! Hier! Nicht! Mit! Uns!«

»Lia!«, rufe ich und hoffe, dass irgendwer kommt und mich aus diesem Albtraum erlöst. »Krons!«

Li-a!

Krons!

Ihre Füße stampfen den Takt, ringsum verzerrte Fratzen, Speichelfäden vibrieren zwischen den Lippen, Zeigefinger bohren sich in meine Seite, sie stampfen und spucken, Hände greifen nach mir, ich gehe rückwärts, spüre die Beine nachgeben, mein Gesichtsfeld von den Rändern her schwarz werden, als ich nach hinten in zwei knochige Arme sinke.

Ich starre in das Gesicht der greisen Cheerleaderin, ihre Haut ist derart überschminkt, dass ich ihr wahres Gesicht nicht einmal ahnen kann.

»Was hast du ihr angetan«, wispert sie mit bebender Stimme. »Meiner Tochter. Was hast du ihr angetan.«

Obwohl ich weiß, dass das eine Projektion ist, dass sich das alles aus den Bildern meiner unbewussten Ängste zusammensetzt, fühlen sich die Arme, die Finger, die Schreie und Stöße schmerzhaft real an.

»Von wem reden Sie«, frage ich, »Lia oder Dolly?«

Lia oder Dolly?

Lia oder Dolly?

Lia oder Dolly?

Und dann reiße ich mich los, drehe mich um, zitternd, ich fange an zu laufen, komme nicht von der Stelle, »Wahnsinnige!«, rufe ich, »Irre!«, und dann spüre ich Finger in meinem Mund, schrumpelige, krumme Finger, die nach meiner Zunge greifen, höre das Lachen jener, die immer über mich gelacht haben, die bis in alle Ewigkeit als Grüppchen auf dem Schulhof stehen und über jene tuscheln werden, die nicht sind wie sie.

»Aufhören!«, schreie ich und schreie einfach weiter, um nicht zusammenzubrechen, schreie gegen die Angst und die Beklemmung, den Schrecken und die Dunkelheit, doch die Hände sind überall, kratzen, reißen an mir, wollen mich zu Fall bringen.

»Krons!«, rufe ich wieder und höre meine eigene Stimme nicht, und dann tauchen Alma und die anderen auf. Ich spüre ihre Zweifel, ihre Zerrissenheit, sehe die Verunsicherung. Alles wird greifbar, hier, meine Kraft schwindet, und gerade als ich aufgeben, mich der Übermacht ergeben will, höre ich plötzlich Lias Stimme von weit her, kaum wahrnehmbar: »Was siehst du?«

Die Frage ist eine Hand, die sie mir reicht, durch die Kälte und die Finsternis, durch den versammelten Irrsinn hindurch: »Was siehst du?«

Sie versucht, mich zu retten. Ich muss nur die Antwort finden.

»Fang, Schlosser!«, schrillt eine Stimme, und im selben Moment knallt mir mit voller Wucht ein Ball in den Bauch, dass mir die Luft wegbleibt.

»Ha!«
»Ha!«
»Ha!«
Ha!
Ha! Ha!
Ha! Ha! Ha!
Ha! Ha! Ha! Ha! Ha!
Ha! Ha! Ha! Ha! Ha! Ha!
Ha! Ha! Ha! Ha! Ha! Ha! Ha! Ha! Ha! Ha! Ha! Ha! Ha! Ha! Ha!
Ha! Ha! Ha! Ha! Ha! Ha! Ha! Ha! Ha! Ha! Ha! Ha! Ha! Ha! Ha!
Ha! Ha! Ha! Ha! Ha! Ha! Ha! Ha! Ha! Ha! Ha! Ha! Ha! Ha! Ha!
Ha! Ha! Ha! Ha! Ha! Ha! Ha! Ha! Ha! Ha! Ha! Ha! Ha! Ha! Ha!
Ha! Ha! Ha! Ha! Ha! Ha! Ha! Ha! Ha! Ha! Ha! Ha! Ha! Ha! Ha!
Ha! Ha! Ha! Ha! Ha! Ha! Ha! Ha! Ha! Ha! Ha! Ha! Ha! Ha! Ha!
Ha! Ha! Ha! Ha! Ha! Ha! Ha! Ha! Ha! Ha! Ha! Ha! Ha! Ha!

Mir wird schwarz vor Augen. Jemand stellt mir ein Bein, ich falle, stürze zu Boden, krümme mich am Grund, spüre Tritte, Schuhe in meinem Gesicht.

Ha! Ha! Ha! Ha! Ha! Ha! Ha! Ha! Ha! Ha! Ha! Ha! Ha! Ha! Ha!
Ha! Ha! Ha! Ha! Ha! Ha! Ha! Ha! Ha! Ha! Ha!

»Was siehst du?«

Konzentrier dich. Konzentrier dich auf ihre Stimme, das ist deine einzige Chance. Lia kann dich retten, ihre Stimme schafft einen Raum, der immer größer wird, der das Dunkel verdrängt.

Lias Stimme ist dein Helm gegen die Tritte.

Und dann sehe ich tatsächlich einen Astronautenhelm, direkt vor mir. Ich sehe mich in der Spiegelung, achte auf jedes Detail, jeden Kratzer. Ich spüre die Tritte kaum noch.

Etwas Unerwartetes muss passiert sein. Etwas, mit dem sie nicht gerechnet haben. Etwas in mir muss sich verändert haben, seit ich da unten gewesen bin.

Schnell, denke ich. Du kannst die Wächter besiegen. Schnell, bevor es zu spät ist.

Ist das Lia hinter dem Helm? Oder ist auch der Helm nur eine Simulation, die mich verhöhnen will, indem sie mir eine Lia vorspiegelt, die es gar nicht gibt?

Ich spüre die Tritte wieder, hart und schmerzhaft. Zähne schlagen mir ins Fleisch.

Bitte, denke ich. Hilf mir.

Lia.

Ein Tritt ins Gesicht.

Ein Tritt in den Magen.

Dann ist alles schwarz.

48

ICH BIN TOT.

Ich muss tot sein.

Nein, wer tot ist, hat keine Schmerzen. Und mir tut alles weh, ich kann mich kaum bewegen.

Wie kann etwas nicht Greifbares wie Angst, etwas so Flüchtiges wie diese Schattendinger die Kraft haben, einen Wald zu verwüsten und mich beinahe umzubringen?

»Junge!«

Ich hebe den Kopf. Er liegt vor mir, keine zwei Schritte entfernt. Krons ist voller Erde und Dreck, das Gesicht grau.

»Junge, geht's dir gut?«

»Gut wäre übertrieben. Aber ich lebe, glaube ich.«

Krons schließt die Augen. Vielleicht lächelt er. Und dann, plötzlich, sehe ich das Blut.

»Krons, was ist los!«

Seine Lider flattern. »Keine Sorge, Junge. Meine Aufgabe ist erfüllt.«

»Du hast versprochen, mich zum See zu bringen! Und wieso bist du verletzt, das waren doch *meine* Schatten!«

Er lächelt. Er hustet und spuckt Blut in die Erde.

»Krons! Wie konntest du meine Schatten ablenken, die haben doch gar keinen Zugriff auf dich!«

»Es sei denn, etwas ist so stark, dass es alles andere überstrahlt. Eine universelle Angst.«

»Du meinst die universelle Angst davor, dass ich es nicht schaffe?«

Krons gelingt noch ein Lächeln. »Das funktioniert nicht mehr. Ich weiß jetzt, dass du es schaffst.«

»Womit hast du sie dann abgelenkt? Was ist stärker als die Angst, vollkommen allein auf der Welt zu sein?«

Krons hustet, er hört gar nicht mehr auf.

»Liebe, Jonah«, bringt er schließlich hervor. »Sobald du liebst, hast du Angst davor, diese Liebe zu verlieren.«

»Du hast deine Frau doch schon vor einer halben Ewigkeit verloren!«

»Ich rede von Lia.«

Verdutzt sehe ich ihn an. »Hast du nicht gesagt, sie käme schon klar? Weil sie nie auf euch angewiesen war?«

»Umgekehrt gilt das leider nicht. Sie war der Grund, warum ich damals zurückgekommen bin. Warum ich mich in meiner Verzweiflung nicht dem See überlassen habe. All die Jahre waren wir zusammen in diesem Wald. Lia ist alles, was mir geblieben ist. Und jetzt ...«

Sein Kopf sinkt zu Boden, ich muss mich zu ihm beugen, um ihn noch verstehen zu können.

»Sie ist nicht in die Siedlung gegangen, um ihre Mutter und ihre Schwester zu finden, Jonah. Ich habe ihr nie erzählt, dass sie zurück sind. Ich dachte, es ist einfacher für sie, eine Mutter zu haben, die im See verschwunden ist, als eine, die sie ohne ein Wort des Abschieds im Wald allein lässt.«

Sein Atem geht jetzt stoßweise, jedes Luftholen bereitet ihm Schmerzen.

»Du hast versprochen, mich bis zum See zu bringen, Krons.« Ich kämpfe gegen die Tränen. »Wie soll ich das denn ohne dich schaffen!«

»In Wahrheit hast auch du mich nie gebraucht, Junge. Du

brauchtest nur jemanden, der dir sagt, dass du nicht der bist, für den du dich hältst. Aber das hättest du früher oder später auch selbst begriffen.«

»Der See ...«

Ganz leicht hebt Krons den Kopf: »Du bist längst da.« Er streckt den Arm nach mir aus, ich nehme seine Hand.

»Es war mir eine Freude, dich an meiner Seite zu haben, Junge.« In Krons' Augen blitzen Tränen. Und da sehe ich sie tatsächlich, die goldenen Einschlüsse.

»Versprich mir etwas«, sagt er. »Versprich mir, dass du sie glücklicher machst, als ich das konnte.«

Ich muss schlucken. Fummele den Zettel aus meiner Hose und drücke ihn in seine Hand. »Der ist von Lia«, sage ich. »Das Herz ist echt. Ich will, dass du es hast.«

Krons versucht zu lächeln. »Zeig's diesen Bastarden, Junge.«

Seine Hand krampft sich um den Zettel. Ich will ihm von Lia und mir erzählen, von unserer Geheimsprache, davon, dass wir Astronauten sind, aber trotzdem nicht einsam, weil wir jetzt uns haben, doch seine Stirn sinkt zu Boden, und ich weiß, dass er mich nicht mehr hören würde.

49

NACH EINER HALBEN EWIGKEIT schaffe ich es, den Kopf zu heben. Mein Gesicht ist nass, Sand klebt an meiner Haut. Mühsam versuche ich, mich aufzurichten.

»Ich komme zurück, Krons, das verspreche ich«, murmele ich wie in einem idiotischen Western. Mehr als geliehene Worte habe ich gerade nicht. »Ich bin bald zurück, und du kriegst ein anständiges Begräbnis.«

Ich habe keine Ahnung, was das sein soll, ein anständiges Begräbnis, aber es beruhigt mich, so zu reden. Ich blicke nach vorn und frage mich, wo die Hügel sind. Warum der Grund plötzlich anders ist als im Wald. Sandiger. Heller.

Ich drehe mich um mich selbst, blicke durch unscharfe Schleier wie von flimmernder Hitze. Die Hügel liegen wirklich hinter mir.

Wie kann das sein? Warum sind hier keine Wächter?

Ich stehe auf, lausche in die Stille. Die Schwaden bewegen sich kaum, alles ist wie von einer bleiernen Schicht überzogen. Kein Wind regt sich, kein Hauch. Als könnte man die Luft nicht atmen, nicht ohne Helm.

»Lia?«

Kein Echo, kein Widerhall.

In der Ferne bewegt sich etwas. Hell, majestätisch, körperhaft.

Das muss der See sein.

Langsam gehe ich darauf zu. Etwas ist mit der Oberfläche. Der See wird bewegt wie von einem Sturm, aber die Wogen sind ungleichmäßig. Neblige Schwaden verschleiern den Horizont, ich kann keine Grenze erkennen, keine andere Seite.

Immer weiter nähere ich mich. Der See ist das Gegenteil von dem, was ich gedacht habe. Er ist nicht überschaubar und glatt wie ein Zauberspiegel, nicht umgeben von Wächtern, die jeden daran hindern, das Ufer zu erreichen. Seine Oberfläche sieht aus, als bildeten sich an seinem Grund ständig neue Formen, die kurz darauf wieder schmölzen, sich auflösten zu galleriger Masse. Die Dünung wird nicht von Wind erzeugt, sondern von beständiger Veränderung in seinem Inneren.

»Deshalb hat die CoffeeCompany so viel Angst davor, dass ein Bewohner in seine Nähe kommt«, höre ich Krons' Stimme. »Der See erinnert an all das, was der Kaffee und die Pillen ihnen genommen haben. Die Möglichkeit einer eigenen Geschichte.«

»Krons?«

»Nein«, sagt die Stimme, die von überall her zu kommen scheint und jetzt wirklich nicht mehr nach Krons klingt.

»See?«, frage ich zögernd, weil das jetzt auch schon egal ist.

»Du weißt genau, dass Seen nicht sprechen können, oder?«

»Wer bist du dann?«

»Falsche Frage.«

»Was ist die richtige Frage?«

»Wer bist du?«

»Komm schon.«

»Okay. Was siehst du?«

»Lia?«

»Ha! Ha! Ha! Streng dich an, Schlosser.«

Ich trete nah an das Wasser oder was immer das ist. Vorsichtig strecke ich meine Hand aus, halte sie über die Oberfläche.

Und plötzlich weiß ich es. Es ist komplett unlogisch, es ist total verrückt, aber gleichzeitig habe ich nicht den geringsten Zweifel: Die Stimme bin ich.

»Na endlich«, sagt die Stimme, die ich bin. Sie klingt ein bisschen sonderbar, als würden viele Leute gleichzeitig dasselbe sagen, und natürlich ist es vollkommen wahnsinnig, mit sich selbst zu sprechen wie mit einem Fremden, ohne zu wissen, was der andere, also man selbst, sagen wird, aber es ist so wahnsinnig, dass mein Gehirn das wohl nicht verarbeiten kann und wirklich tut, als sei ich ein Fremder. Der See scheint eine neue Art von Verständnis zu öffnen, die nichts mit Denken zu tun hat, es ist eher eine Form der Wahrnehmung, wie man einen Tisch sieht und weiß, da steht ein Tisch.

»Okay, See, der ich bin: Ich sehe mich.«

»Du bist nicht der See, Schlosser. Mach dich nicht lächerlich. Du bist immer noch der Typ, der es irgendwie und nur mit viel Hilfe geschafft hat hierherzukommen. Und jetzt denkst du, die Welt gehört dir, nur weil dich gerade kein Monster anfällt?«

Mit einem normalen Selbstgespräch hat das hier wirklich nichts zu tun, denke ich und hätte das natürlich auch gleich sagen können, weil dieses Etwas sowieso weiß, was ich denke.

»Und ich bin übrigens weder der See noch dein Über-Ich.«

»Okay, Wie-auch-immer-Ich. Wenn ich dich jetzt frage, wo Lia ist. Und du mir antwortest. Heißt das dann, dass ich die Antwort die ganze Zeit selbst gewusst habe?«

»Du machst Fortschritte«, kommt es aus dem See.

Und dann frage ich es wirklich. Obwohl ich große Angst vor der Antwort habe: »Wo ist Lia?«

Eine Weile höre ich nichts. Dann sagt die Zusammen-Stimme aus dem See: »Du meinst, du kannst dich an der Antwort auf ihre Frage einfach vorbeimogeln?«

»Was siehst du?«

»Was siehst du.«

Und plötzlich formt sich etwas an der Oberfläche, direkt vor mir.

»Ein Helm«, sage ich. »Ein Astronautenhelm.«
»Überrascht dich das?«
»Ich weiß nicht.«
»Also: Was siehst du?«
»Ich sehe mich selbst mit einem Astronautenhelm, gespiegelt in dem Helm eines anderen Astronauten.«
»Wer ist der andere Astronaut?«
»Lia?«
»Vielleicht.«
»Vielleicht?«
»Es ist egal. Darum geht es nicht.«
»Okay.«
»Also: Was siehst du?«
»Das habe ich doch gesagt.«
»Was siehst du noch?«
»Sterne.«
»Sterne. Und das heißt?«
»Das All. Ich sehe das All.«
»Und jetzt noch mal von vorn.«
»Ich sehe das All in meinem Helm, gespiegelt in dem Helm eines anderen Astronauten.«
»Ist es das, was der Philosoph in dir sagen würde?«
»Bist du der Philosoph in mir?«
»Lenk nicht ab.«
»Also gut. Ich brauche den zweiten Astronauten, um sehen zu können, dass alles in mir ist? Alle Sterne, alle Geschichten, alle Möglichkeiten?«
»Und jetzt denk an das, was Lia dir über Wahrheit und Lüge gesagt hat.«
»Dass eine Geschichte in dem Moment wahr wird, in dem man sie glaubt?«
»Schade.«

»Wieder falsch?«

»Schade, dass du immer noch denkst.«

»Wie soll ich denn bitte auf so eine komplizierte Frage antworten, ohne zu denken?«

»Die Frage lautet: Was siehst du.«

»Und?«

»Das ist nicht kompliziert. Die Frage ist unglaublich einfach. Du machst es bloß kompliziert, indem du immer weiter nachdenkst und deine Augen nicht aufsperrst.«

»Und das heißt?«

»Liebst du sie?«

»Das weißt du.«

»Dann zeig es.«

50

DAS WASSER FÜHLT SICH gleichzeitig an wie Wasser und wie weicher Sand. Es umschließt meine Finger, mein Handgelenk, es ist weder kalt noch warm, es ist nicht mal nass. Der See ist gefüllt mit einem Stoff, von dem ich nicht wusste, dass es ihn gibt. Vermutlich hat Krons nur deshalb von einer spiegelnden Oberfläche gesprochen, weil er keine Worte hatte für das, was der See wirklich ist.

»Muss ich meine Sachen ausziehen?«, frage ich, aber es kommt keine Antwort.

Vorsichtig gehe ich in den See. Die Substanz ist wie Samt. Geschmeidig, fast ohne Widerstand gleite ich hinein. Es kann nicht so einfach sein, denke ich. Da muss noch was kommen, mit dem ich nicht rechne.

Angst schlägt in mir hoch, und sofort ist da ein Widerstand. Etwas wie Finger umschließt meine Waden.

Okay, denke ich. Ganz ruhig.

Ich bin bis zur Hüfte im See, die Substanz ist wie zäher Schlamm. Wenn ich so weitermache, komme ich hier nicht mehr raus. Wenn ich weiter Angst habe, ziehen mich die Finger nach unten. Also hör auf mit der Angst, Schlosser, sofort.

Haha, einfach mal aufhören mit der Angst, ja?

Ich spüre einen Strudel. Etwas zieht mich tiefer, je mehr Angst ich davor habe, Angst zu haben.

Denk nach, verdammt, du musst das stoppen.

Nein, denke ich. Nicht denken. Gedanken füttern das Ding. Gedanken machen alles nur noch schlimmer.

Wie fühlt sich das an, hat sie gesagt. Und mich dann geküsst.

Der Kuss ist ein Raum.

Wie fühlt sich das an?

Der Raum dehnt sich aus, wird weiter, je länger ich dieser Kuss bin, je länger ich all das bin, an das sie mich erinnert. Der Jonah, den ich nie für möglich gehalten hätte.

Der See wird weich. Ich lasse mich fallen, vertraue darauf, dass die Substanz mich hält, sinke rückwärts, die Augen geöffnet, und weil das kein Wasser ist, probiere ich es: Ich atme ein und atme aus, tauche in Schemen, die sich wie flüssige Wolken formen und verändern, mit jedem Gedanken, jedem Gefühl. Ich kann unter Wasser atmen, auch wenn Atmen und Wasser nicht die richtigen Worte sind und es sowieso keine Worte gibt für das, was hier geschieht.

Gebilde entstehen, zerfallen, sinken ein. Der See reagiert auf mich, spricht zu mir in Bildern, wie Lia und ich das versucht haben, wenn wir etwas Wichtiges sagen wollten. Nur braucht es hier unten keine Worte als Mittler zwischen dem, was ich denke, und dem, was ich sehe, weil alles ohne Umwege passiert: Was ich sehe, ist, was ich denke, was ich fühle, was ich bin. Es ist ein Wissen jenseits von Worten.

Ich gleite tiefer, schwebe über alles hinweg, lasse mich leiten von meinem Staunen, meiner Neugierde, meiner Sehnsucht. Und endlich verstehe ich auch das Bild von dem Astronautenhelm. Ich sehe, dass der Helm nicht bedeutet, jenseits von allem zu sein, sich abzuschirmen gegen eine Welt, in der man glaubt, nicht atmen, nicht überleben zu können. Er steht dafür, dass uns die Welt spiegelt und umschließt, dass es keine Trennung gibt. Dass wir die ganze Zeit in uns selbst herumtauchen und zugleich alles und in allem sind. Das ist nicht zu begreifen oder zu vermitteln, das ist nur zu erleben, und es ist auch die Antwort auf Lias Frage: Alles, was wir sehen, ist das, was durch uns Gestalt annimmt.

Was, wenn auch die CoffeeCompany nur ein gemeinschaftliches Bewusstsein ist, denke ich plötzlich. Eine Frequenz, die außerhalb der Siedlung gar nicht existiert? Was, wenn die Bewohner der Siedlung die CoffeeCompany gewissermaßen ... sind? Reicht es dann aus, nicht mehr an sie zu glauben, um die Siedlung zu befreien?

Zwar kann ich mir noch immer nicht vorstellen, was Krons hier unten eigentlich gesehen hat. Aber eins weiß ich: Ich bin nicht der Superheld, der ganz allein die Welt rettet. Das kann nur jeder von uns selbst. Indem wir zu Helden unserer eigenen Geschichten werden.

»Nicht schlecht, Angsthase. Ich bin stolz auf dich.«

Keine Ahnung, woher sie auf einmal gekommen ist. Aber sie ist da.

»Wo warst du?«, stelle ich die dümmste aller nur möglichen Fragen, weil mehr gerade nicht in meinen Kopf passt.

»Ich hab auf dich gewartet«, sagt sie. »Hast dir ganz schön Zeit gelassen.«

»Du wurdest also wirklich von der CoffeeCompany entführt?«

»Du meinst dieselbe CoffeeCompany, von der du gerade noch dachtest, es gibt sie vielleicht gar nicht? Ja, du kannst dir gar nicht vorstellen, was ich durchmachen musste. In einen Kerker voller Bildschirme haben sie mich gesperrt, mir Kaffee und Pillen eingeflößt, um mich gefügig zu machen, aber ich wusste, irgendwann kommt mein Held und rettet mich.«

Eine Geschichte, denke ich. Das Ganze ist eine Geschichte, und Lia war die ganze Zeit darin verborgen.

Ich sehe sie an. Ich sehe auch den Gedanken an, ohne ihn zu verstehen. Aber ich sehe, dass er wahr ist.

»Das stimmt alles gar nicht, oder?« Glücklicherweise wird mir erst in diesem Moment klar, wie sehr sie mir gefehlt hat.

Lia nimmt meine Hand. »Hör auf, so ein Idiot zu sein«, sagt sie. »Du bist längst etwas anderes.«

»Ein noch größerer Idiot?«

»Vielleicht ein noch größerer Idiot. Aber einer, der jetzt an etwas glaubt.«

Ich küsse sie, ich erkenne mich nicht wieder. Aber ich küsse sie wirklich. »An das hier?«, frage ich, und sie schüttelt den Kopf und legt ihre Hand an meine Brust: »An das hier.«

Wir sind mitten im Nirgendwo, mitten in diesem See, der aus allem besteht, was Geschichten ausmacht, aus unendlicher Möglichkeit – und da ist es endlich, mein persönliches Superheldengefühl.

»Lia«, sage ich und merke plötzlich, dass ich mich nicht mehr schäme. Dass es egal ist, ob ich klinge wie in einem schlechten Film, wenn unter den Worten Wahrheit ist. »Ich muss dir etwas sagen. Es hat mit deinem Vater zu tun. Und mit deiner Schwester.«

Sie schaut mich an. Ihre Augen sind Schatzkarten. Die Pupille, umschlossen von der Iris wie die Siedlung vom Wald, der See ein Portal aus Gold.

Lia starrt eine Weile in die sich ständig verändernden Gebilde um uns herum, als sähe sie dort, was ich ihr sagen will oder was alles noch kommt.

»Hat das nicht Zeit?«, fragt sie, und dann sehe ich es auch.

Da draußen wartet eine ganze Welt auf uns.

DANKE

ICH DANKE ALLEN, die mich während der Arbeit an diesem Roman aushalten mussten und trotzdem unterstützt haben: Allen bei Hanser fürs Dranglauben und immer wieder Reinhängen. Meiner Lektorin Stefanie Beck, über die ich lauter Sätze schreiben müsste, die sie mir sofort mit dem Kommentar *too much* wegstreichen würde. (Trotzdem, das musst du jetzt aushalten: Du warst ein absoluter Glücksfall für dieses Buch, mit deiner Begeisterung, deinen unangenehmen Fragen, dem Gasgeben und Bremsen zur richtigen Zeit, den nerdigen Kommentaren – und natürlich den Drama-Gedankenstrichen.)

Ein besonderer Dank geht an den ziemlich sonderbaren Traum, den ich in einer Neujahrsnacht in einem ruckeligen Schlafwagen hatte, während der Zug durch tief verschneite Landschaften fuhr. Ich hätte nie gedacht, dass daraus mal ein Buch werden würde.

Liebe für Dion und Ari, die mich jeden Tag daran erinnern, um was es eigentlich geht. Und Filine, natürlich, sowieso und für immer, für alles.